与虫子书
——一个作家与一只虫子的合著

古岳 著

YU CHONG ZI SHU

YI GE ZUO JIA
YU YI ZHI CHONG ZI DE
HE ZHU

青海人民出版社

图书在版编目（CIP）数据

与虫子书：一个作家与一只虫子的合著 / 古岳著
. -- 西宁：青海人民出版社，2024.1
ISBN 978-7-225-06657-8

Ⅰ.①与… Ⅱ.①古… Ⅲ.①日记—作品集—中国—当代 Ⅳ.① I267.5

中国国家版本馆 CIP 数据核字 (2023) 第 225686 号

与虫子书
—— 一个作家与一只虫子的合著

古岳 著

出 版 人	樊原成
出版发行	青海人民出版社有限责任公司
	西宁市五四西路 71 号 邮政编码：810023 电话：(0971) 6143426 (总编室)
发行热线	(0971) 6143516 / 6137730
网　　址	http://www.qhrmcbs.com
印　　刷	青海西宁西盛印务有限责任公司
经　　销	新华书店
开　　本	890 mm × 1240 mm　1/32
印　　张	9.5
字　　数	180 千
版　　次	2024 年 1 月第 1 版　2024 年 1 月第 1 次印刷
书　　号	ISBN 978-7-225-06657-8
定　　价	42.00 元

版权所有　侵权必究

目录
CONTENTS

2019 年　　1
2020 年　　203

后　记　　296

3月17日　　小雪转晴

老宅

3月13日，开始休假。

14日，回到老家，准备父亲三周年忌日。

16日，父亲忌日。

17日，开始琢磨盖房子的事。

早上送走妹夫、儿子及两个外甥，之后与两个弟弟福来和永春去木材市场进行简单考察，发现不用走远，附近的官亭镇就能找到所需要的所有木材。顺道把屋檐的花槽都预订好了，共七层，说是十五天之后交货，还付了1000元定金。看来，盖房子的事，这次终于变成实际行动了。感觉半个月之后，想象中的一排房子就要出现在眼前了。

老宅院里有西北两面房子，有十几间，都是传统的土木结构，间数是足够了。可北面那排木屋的房梁和檩子都是当地杨木，易遭虫蛀，每次回家时，地上到处都是木头的粉末，白白的一层。父母亲在世时，我就想重新修一下。他们不太赞成，并不是反对我修房子，主要是不想因此增加我的负担。

为了阻止虫子不停地啃噬，每隔一两年，父亲都会往屋子所有的木头上喷洒一次毒性很烈的农药。一喷完药，那些躲在木头里面的虫子便会消停一段时间。但是，过不了多长时间，又会有白色粉末从那些虫蛀的小眼儿里落下来。一开始断断续续，尔后不绝如缕，再之后簌簌而下。感觉比以前更甚了。我担心，那些白杨木的梁柱、檩子迟早都会被虫子蛀断，房子也会塌下来。

我见识过被虫子严重蛀蚀的杨木，密密麻麻的小虫洞布满在木头表面。假如在夜里它能透着光，那景象一定像灿烂星河。这样的杨木里面几乎已经被掏空了，虫洞、虫道纵横交错，一根原本结实的木头成了一堆絮状碎屑，用手指轻轻一掰，就会四分五裂。将一小块放在手心里轻轻一揉，即可化作粉末。这时，你可能会看到虫子——蛀虫，看上去其貌不扬，一只蛀虫的体型再大也大不过一粒小黄米，是灰白色的，圆嘟嘟的，像一个小球。

细看，你才会发现它也有嘴脸腿脚，甚至触须。因为那些腿脚触须太过纤细，如不仔细分辨，很难发现。可就是这碎屑般的虫子，却能在几年时间里蛀断一根粗壮的杨木。所以，在我老家，只要条件允许，都会选用松木盖房，如果是用杨木盖房，那一定是迫不得已。回想起来，盖这面房子，已是我工作多年以后的事了，即便手头拮据，想想办法，也要把它盖好一点，想来也是能做到的。要是那样，就不会有现在的这些事了。

除非我再也不回这老宅院了，否则这房子和房子木头里生活着的一群虫子，迟早是个事情。而我从内心里割舍不下这个小院，即便有一天父母亲都不在了，我还是要回来的，因为记忆还在。

后来，母亲和父亲相继过世，且都走得突然，修房子的事也只好放下了。父亲走的那一年，料理完后事，我曾提过修房子的事，可几个妹妹说，父亲还不满周年便大兴土木，村里的人会有闲话，最好过一阵子再说。我觉得她们的担心是有道理的，虽然父母亲都不在了，也不能落下个不孝的罪名。于是，不再提盖房子的事。此后，我又忙别的事，一两年没顾上。

现在，母亲走了快四年了，父亲也满三周年了，该把修房子的事提上日程了。于是，趁父亲三周年忌日，我休了一次假，单位人事部门的人一天一天数了数，说我可以休到4月17日，有一个多月的时间，盖房子足够了。尽管，有一些内部装修的活可能还会推后一段时间，但房子一定是能盖好的。

如此决定之后——其实，此前的一段时间里，我一直在考虑这件事，主要是把这一面房子盖成什么样子，还将平日里的一些构想做了笔记，甚至还画了简单的草图。所以，已经有一个比较成熟的想法。回到老家之后,便与福来商量这事——因为随后的很多具体事宜还得由他来操心。这些年,但凡老家有什么我自己干不了的活儿,都是他操心的。

我的想法是,还是盖成木头房,只在局部细节问题上稍做改进。比如,屋檐走廊的屋顶,不一定上房土,也不一定要抹上一层草泥——我们老家叫房泥,椽子上面也不铺设榻子(细木条),而是间隔性铺上几道木条,像百叶窗那样,最上面直接用钢化玻璃,这样阳光可以直接洒落在屋檐下,坐在屋檐的阳光下喝茶、看书、写字都是一件乐事。屋檐下尚可养几株绿叶植物。

可是,福来不大同意我的意见。他说,这跟以前的房子没多大区别,还是挡不住老鼠的骚扰,冬天也不会热。我依然坚持说,自己还是喜欢木头房子。他还是反对,要盖就盖好一点。最后,我们各退一步,折中了一下,一半(堂屋部分)按他的意见,用混凝土浇筑;一半——屋檐部分用木头建造,屋顶还是采用钢化玻璃。包括北房与厨房之间,我曾考虑留一个过道,过道屋顶也用钢化玻璃,以解决厨房的采光问题。这样,基本方案已经形成。明后天把屋内的杂物清理出来,即可动工。

还给新落成的房子和整个宅院想了一个名字:古岳书院。最终还是放弃了,它毕竟是老宅,起个名字算什么。

3月18日　小雪转晴

重访铧尖寺

今天再访铧尖寺。

寺院位于黄河出青海的地方，再往下数十里便是著名的炳灵寺石窟，两寺之间便是寺沟峡。以前，我就注意到寺院门牌的汉语名字之下还有一行藏文，以为是藏文译名。一次，陪文扎与扎多两位好友前往观瞻，立于门牌下，盯着那行藏文，他们读出声来："森格多杰。"这几个字的意思，我是知道的，便随口译出："狮子金刚。"他们都转过身来，看我一眼说，是的。猜想，这并非真名，而是教内"雅号"，类似于江湖上的称呼。至于这号称"狮子金刚"者究竟是谁，或者森格多杰与铧尖寺有什么关系，未及细考。

想来，他应该是一位奇僧，说不定还曾名满天下，否则，就不配拥有"狮子金刚"这等名号。这一点从民间传说中也得到印证,当地民间一般称其为"森格桑。"藏语人名之后如缀有"桑"字,是为敬语,以我之见,有"贤者"之意,"森格桑"有狮子贤者的意思。有关森格桑之名的由来,亦有传说。说一代奇僧森格多杰年轻时就已经有非常高的佛学修为,他欲更上一层楼,便前往雪域佛学中心拉萨游学。恰逢一年一度的辩经大会,高僧云集,机会难得,只身前往,想通过辩经来验证自己的修为。

可是,到了那里,却没人搭理他。从人们投来的眼神,他感受到了鄙夷和轻蔑。矗立良久,尔后愤然离去。出得门来,心有不甘,回头望了望,看见门前的一对石狮子,灵光一闪。他摘下自己的僧帽,戴在一头石狮子的头上,摆出一副跟这石狮子辩经的架势。他向后跨出一步,身子向前一倾,很夸张地高高扬起右臂,左手掌朝上伸出,尔后用右手掌猛击左手掌,发出一声巨响,像晴天霹雳。只见那石狮子摇了摇头,僧帽抖落在地的一瞬,石狮子也奋力向后退了好几步,像是很害怕的样子。这一幕恰好被门里面辩经的僧人看了个真切。消息不胫而走,森格桑、森格多杰之名从此传遍雪域佛界,威震四方。

铧尖寺是一座很小的寺院,近些年虽几经扩建,规模依然很小,与当今的很多寺院相比,简直是小巫见大巫。僧人也很少,仅有十余人,最近几次去,均未见有僧人在,今天也一样。前面是黄河,后面是河岸山坡与崖壁,这里有座寺,也当是森格多杰离开此地很久以后的事。

很久以后,也许又有另一位高僧循着他的足迹一路而来,并告知附近路人,曾有一代奇僧狮子金刚在此修行。于是,有人来拜。然后,才有了寺院。至于森格多杰最初从何而来,我依然觉得与炳灵寺有关。自西秦以后,甘青交界处这一段黄河谷地所有与佛教有关的事,都不可能离开炳灵寺,它的辉煌灿烂足以照耀整条河谷。因有所想所感,遂记之以备忘。仅此而已。

从铧尖寺回到老家宅院,满脑子还是森格多杰,便发了一条微信。不一会儿,众亲友点赞或留言。主修藏语的一位好友尕玛才让先生留言:"那四个藏文字译为'森格修行处'更为妥帖。"后又补充道:"修行之地,在以前,多半人迹罕至,除了修行洞,很少有建筑物存在。不过现在很多著名的修行地,也都有建筑物。"后世很多著名的佛教寺院就是这样形成的。算是佛教史上的一个普遍现象,似乎已成规律。于是,回复尕玛:"如此就好理解了。"他这句话使我想起,铧尖寺原本还有一个名字,叫"森格静房"。

于是,一切归于原处,归于宁静,归于自在。

3月19日　阴转多云

昨晚喝了两茬浓茶，水喝多了，前半夜睡得不踏实，起了几次夜。

早上7点多被院里说话的声音吵醒来。昨天，福来让另一个兄弟永龙叫两个人来帮着拆房子，还叫了一台挖掘机，想必是他们已经到了，便起来。看到永龙和两个人正在抬东西，挖掘机还没来。正抬东西时，挖掘机师傅打电话来，说早上他家族里宰牛，来不了，下午才能来。于是，原本想直接用挖掘机干的活儿，由人工来干了。比如，那些铺地坪的红砖，本不想费力气拆下来，想直接当垫层。现在，机器来不了，叫来的人拆掉门窗和电线等后没事可干，就把红砖也拆下来了。也好，红砖还可以用。

看来，拆房、盖房已成事实，无法更改。昨天去铧尖寺，回来时想起，一个同学家就在那附近，几年前也盖了房子，便去看了看。他老母亲一个人在家，我以前见过老人家，可她并不记得我。只好自报家门，说我是您儿子的同学，我们见过的，因为是临时决定，没有准备，两手空空，不好意思，急忙掏200元钱塞到老人衣兜里，老人坚决不收，好说歹说，才不再推辞，心里便安稳了一些。

  他家的房子的确不同凡响，既传统又现代，那气派我是做不到的，但是也很受启发，尤其是那门窗的样子，正好也是我想要的样子，拿来用便是。就又去挖花槽的匠人那里，把屋檐的花槽部分增加了两层，从七层增至九层。因为有此改动，福来又坚持在屋檐上铺设一道青瓦，屋檐窗户下也用青砖，保留青砖本色，勾线即可。这样，至少房子的屋檐部分有了一个传统的基调。现在，拿不定主意的就剩屋檐的门了，从心里我还是喜欢用实木，可福来想用市场上卖的防盗门。昨晚，我还叫了一个自己熟悉的木匠，等明天来了，再一起商量一下，看怎样做才好。

  正在这时，开挖掘机的马师傅来电话，说他过来了。现在的时间是上午11点02分，可能要不了一个小时，十五六年以前我们用了大半年时间才最终建好的这座房子将不复存在——那里一直是我的卧室兼客厅。同时，要推倒的还有已经存在了半个多世纪的那面夯土的老院墙。

  院墙根儿里，有五六棵杨树，有两棵已成参天大树，以前这两棵树上都有喜鹊窝。我曾写过一篇散文《屋后树上有鹊巢》，写的就是这几棵杨树和树上的喜鹊窝。后来，一棵树上的喜鹊窝搬走了，只剩最西头那棵最大的树上还有一个喜鹊窝，前些日子还在，这次回来也不见了。

原来，我一直担心盖房子会影响到喜鹊的生活，如果喜鹊窝一直在，我已决定，宁肯像以前一样将房子盖得小一些，也不会动有鹊巢的树。现在好了，喜鹊好像事先知道我要盖房子的事，并选好了日子，早早把家搬走了。如此，虽然我不用再担心喜鹊的安危，把那几棵杨树都伐了，将房子盖得宽敞一点，但是，又开始牵挂那喜鹊的去向。

不知道等房子盖好以后，它们是否还回来。如果它们不肯回来，我也许会一直心存亏欠。也许它们早就打定主意要搬走了，可毕竟是选在我盖房子之前搬走的，总感觉它们的离去与我盖房子有某种联系。其实，我从未想过要让它们搬走，偶尔想起盖房子的事，也只是想我得把房子盖小一点儿，难道喜鹊早已洞察一切，想成全我把房子盖大一点儿？无论怎样，因为发生了这样的事，我对那几只喜鹊心生感念。

除了喜鹊，北房屋檐下以前还住着几只鸽子，每晚都在。每次回家时，我都看到屋檐下的地上有一层鸽子粪。有几次福来说，屋檐上罩一层网，让鸽子进不去，地上会干净一点，我没同意。此后，再没人提这事，每次离开家时，几个妹妹会在地上铺一块纸板或毯子，让鸽子把粪直接拉在上面。这下，那几只鸽子也不回来了。即使回来了，北方的屋檐也不在了。那么，这些晚上，它们会栖身何处？

如此，北房和那几棵杨树都不见了之后，整个宅院北面一片空旷，剩下一片临时的废墟。随后，废墟又被一座新的房子所替代，我又将住在里面——也许每年有几个月时间是住在这里的，也许会更长一些。因而，希望喜鹊和鸽子都能回来。它们在，我不孤单。

3月20日　阴

昨夜下了一阵小雨，早上，天还阴着。我8点多才起床，起来时，永龙带着两个人已经在挖屋檐的地基。这时，住在邻村的挖掘机师傅也来了，今天他的任务是挖好院墙和房屋的地基。我在工地上转了一圈，帮不上什么忙，就回到自己屋里写日记。

这时，《中国作家》（纪实版）编辑部副主任佟鑫女士在微信里说，《冻土笔记——达森草原的前世今生》本期上（刊发），需要请位名家写100字的推荐语，还嘱咐，最好找熟悉我且读过我作品的人。我回复："认识的名家不多，我先问问。"后又补充道，因为是新作，读过的人很少——在我眼里，他们自然也是名家，只是不敢肯定在别人眼里他们是否也在名家之列。或者，请她费心约请。之后，给吉狄马加先生发短信，说了这事，并坦言，我首先想到了他。

马加先生当然是举世公认的名家，世界级的华语诗人，可他并未读过我这部作品。不过，在他这个级别的中国作家中，他也许是唯一读过我作品的人——也许还有几位，但不确定。从马加先生的言谈判断，他至少读过我早年出版的《谁为人类忏悔》一书，曾多次当面赞许。这是一本在人类文明史的宏阔背景下写青藏高原生态环境，并探索思考人与自然关系的作品，自认为是当代中国此类作品中的另类之作。

马加先生在青海工作多年，因掌管宣传文化系统的缘故，是我所在单位青海日报社的主管领导，有两年，还以省委领导的身份联系过我，曾到舍下慰问看望。加之，他妹夫是我大学同班同学，情谊深厚，而且，我身边有好几位朋友也与他交往密切。他在青期间，私下也多有接触，离开青海之后，也一直有联系。还因为我喜欢他的诗歌，从早年一直持续关注他的诗歌创作，每每遇见，我们都会谈论诗歌。这样几层关系在这里，缘分不浅，便以朋友自居，他似乎也并不反对。

佟鑫原来说是5月份那一期刊出，作品研讨会同期举行，但不知道，她说的本期是4月这期还是5月那期。总之，列入文扎"源文化系列丛书"出版计划的这部作品是要先于书发出来了，近12万字，算是个长篇非虚构作品，是我"喜马拉雅北麓非虚构作品"中的一部新作。

忙过这些之后，出去看时，主体地基已经基本挖好。看来，地基今天就能挖好了，剩下的就是浇筑地基了。之后，砌墙，盖房，想象中的新房似乎快要立起来了。

下午 3 点左右，挖掘机作业结束。几间屋子的地基，一台挖掘机挖了近 12 个小时，按 11 个小时计，每小时 200 元，我身上没有现金，用微信支付了 2200 元。

回到屋里，手机响了一下，是短信提示，是马加先生发来的，说愿写推荐语。我又小心地建议：因为您尚未见到此作品，我先草拟一则一百来字的初稿，发给您斟酌审定。便将这样一则文字发到他的手机上："'我在来世的路上，想起前世的歌谣。'据我的观察，古岳的《冻土笔记——达森草原的前世今生》，既延续了作家一贯的主题表达，又在叙事策略上有了新的突破。作品地域色调浓郁，思想视野开阔，诗意书写与深刻思考臻于纯然自在，堪称人与自然和谐与共的时代绝唱。"

发完之后，用双手捂着脸思忖片刻，感觉"突破"两个字过于生硬，应该再柔和一点，比如写成"探索"两个字，要比"突破"好。"绝唱"两个字也不妥，应改为"歌谣"。但既已发出，也不细究了。回头又看了看，总感觉，像是自吹自擂，又一想，既然是名家推荐语，总不能写一大堆挑毛病的话吧！再仔细斟酌，也并无大不妥，至少有关青藏高原人与自然关系的书写，我也许比圈内的大多数人要走得远一点，也深一点。毕竟，我为此已经持续书写了 30 余年。而且，也不全是"自吹自擂"，这则文字的后半段基本上脱胎于佟鑫对此作品的评语。于是，坦然，放下。

随后,白成忠先生打电话来,告诉我:一会儿,他工地上的一个项目经理来给我测算一下大概需要多少沙石料和混凝土。真是雪中送炭,敲完这几个字,我得出去招呼了。到目前为止,一切进展都很顺利。

随后,收到马加先生的短信:"好的,可用。祝贺!"感激涕零!我不能确定的是,这样一则"推荐语"究竟在多大程度上是出于马加先生的本意,而非作者"情谊"的绑架?于是,惶恐!于是,惴惴!

3月21日　　阴转多云

叔父

早上没人来干活儿。吃过早饭,两个妹妹去买菜,我去把几天前挖出来的一棵云杉栽好了。原以为地还冻着,栽树时发现,朝阳的土地都很松软,应该早就解冻了。快中午时,白成忠先生工地上的人打电话来说,一会儿送水泥和石头的人就到了。我就给福来打电话,他说:"永龙一会儿来看,我也出去等。"出去时,拉水泥的车已经在门口了,是一辆小型货车,他们把水泥卸在门口就走了,说还有事。我在村口等拉石头的车时,永龙已经到了,我们商量石头卸到什么地方。拉石头的车是一辆双桥大货车,村里的路上掉不过头,得走很远去掉头。

正说着,我叔父也走了过来。他年轻时眼睛就不好,岁数大了,越发看不见了。幼时,不大明白事理,只知道叔父眼睛不好。等明白事理了，知道他患的是白内障，有一年想带他去手术，一检查说，已经长过头了，错过了手术的时机。无奈，只得一天天由光明走向黑暗——我无法体会，也许是从黑暗走向更加的黑暗。虽然我也有白内障，与他不同的是，医生说，我的白内障还没长熟，不到手术的时候。而且，多年以前，叔父的耳朵也聋了。

一开始，戴着一个助听器，他说效果很好，什么都能听见。后来又不见戴了，一问才知道坏了——也可能并没坏，只是电池没电了，他自己也这么说。我一个中学同学在县残联，对这些很在行，便给他打电话，让他帮着给配一个质量好点的。约好了日期，原本我要陪着去，可母亲病危，我把同学的电话给他女儿我堂妹，让她陪着去了。

堂妹从县城打电话来说检查结果时，我母亲刚刚离开人世。我虽然强忍悲痛问了一下结果，但已记不清她说了些什么。助听器是配上了，一开始也说效果很好，可没过几天又不见戴了。一问，他在上衣兜里掏半天，取出来，拿在手里说，因为自己看不见，不知道怎么调，有时候，听到的全是杂音。这样过了一年多，几乎一点声音也听不见了。每次跟他说话，即使大声喊叫，他都听不清你在说啥。每次，我都感觉全村人都听到我说的话了，他还是听不清。

他不仅从光明的世界不断走进了无边的黑暗，也从有声的世界不断走进了一个悄无声息的世界。他的世界既没有色彩也没有声音。

今天下午，他说的一句话，像一把刀子插在我的心上。他说："我已经跟死了没什么分别，这个世界变成什么样子了，我既看不见也听不到。"他是在知道我拆掉的那一面房子时说这话的，我明白叔的心思，他是想告诉我，自己的亲侄儿拆房盖房他都没听到消息，这个世界上其他的消息他还能听得见吗？

可是，我无言以对。我知道，他丝毫没有责备的意思，更无意质问，他所说的每一个字都是出于对侄儿的在意——其实，我想说的是比在意、比牵挂、比关切更能戳心的一个词，可是，我绞尽脑汁，搜寻半晌也没有找到。

他是我父亲唯一的亲弟弟，也是现在唯一比我年长的父辈男性了。虽然，整个家族，比他辈分高、年岁也大的人还有好几位，甚至他一个爷爷还在世，但是，他这一辈的男人就他岁数最大了，其余都比他小。他这一辈比他岁数大的女性也只剩一位了，那就是我伯母，身体也很不好。

自从父亲母亲走了之后，我就觉得，我这个叔父和伯母，就成了我的老人，所以，每次见到他们都格外亲切，真有见一次少一次的感觉。每见一次，都像是永别。尤其是近一年多来，这种感觉越来越强烈，仿佛他们随时都有可能离你远去，再也见不到了。有时候，我当然也会想，等他们都不在了，我这一辈的族人中就数我岁数最大了。那时，我就是一个老人了。

所以，我给永龙说，石头的事你操心着，我陪叔到家里坐坐。一进屋,见亲叔来了,妹妹赶紧倒茶,可是他坚决不让。最终,茶还是端到他面前了,但是,他一口没喝。妹妹正好烙了韭菜合子,切好了端上来,他还是一副极不情愿的样子,像是我们在给他吃毒药。我哄了半天,他才答应吃一小块儿。之后,坐着说了几句话,我说了些什么,他一句没听见。

  坐着坐着,我突然想起了那些石头。由石头也想起来一句老话:父母的心都在儿女上,儿女的心却在石头上。顿觉,五雷轰顶。

3月22日　阴

今天，工地上的活儿主要是往地基底层填大石头。

昨晚，从村庄附近山沟拉了两车大石头，是用装载机装到车上拉来的，今早又拉了两车。有这些大石头垫底，看上去，那地基也不显得那么深了。粗石子儿和细沙子也拉来了两车，卸在族内一个堂叔的屋后院子里。尔后，用装载机端到家门口堆着，明天可能要搅拌成混凝土砂浆开始浇筑地基了。

门前不远处原来有一个猪圈和草房，已经没什么用了，前两天就拆了。现在干的这些活用到我的地方不多，所以，一上午，我都在屋子里，没出去。出去时快中午了，装载机把拆草房和猪圈留下的建筑垃圾都清理完了。那里原来有一个储藏马铃薯（我们叫洋芋，偶尔也叫土豆）的地窖，还半张着口，午饭后，我就扛了一把铁锨，用土把它给填满了。

当然，肯定没垫瓷实，这事儿也得交给机械来完成。

干完这些活儿，我出去看了看沙石料，发现从门口到村头的水泥路面有不少地方被运沙石料的机械给压坏了。我想，这些修修补补的活儿，只能等房子盖好以后再做了。完了，我也没有急着回家，而是到村庄附近的两条山沟里看了看，发现大部分地方都有树，大多是杨树，但也还有一些空地方可以种树，除了零散的几片荒滩外，农田边缘地带还有几块撂荒的耕地，想必是早年的退耕还林地，却不见有树木生长。

这也正是我去看这两条山沟的目的。去年春上，我自己掏钱雇了一台挖掘机，把一条堆满垃圾的臭水沟整理成了一片四五亩的林地，并设法运来两车云杉树苗，种上了树，成活率和长势比想象中好。树种好之后，我还从家里拿了一捆铁丝网，那还是从自家另一片林地拆下来的一圈，拉上了围栏。云杉是常绿暗针叶树种，冬天也是绿的，而除了云杉、青杆、柏树、杜鹃等极少的几个树种之外，整个漫长的冬季，青海再也见不到绿色。因而，青海绝大部分地方的冬天不见绿色。能为之添一抹绿，便是造化。

这也是我之所以选云杉的缘故。一来，云杉——我选的都是青海云杉——为当地树种，不存在水土不服问题；二来，当地苗木资源丰富，避免远距离运输对苗木的损伤。但是，村里有些牲口，在见不到一点绿色的漫长冬季，喜欢啃噬绿绿的云杉针叶，它们会伤到树头，而云杉一旦伤了树头，就再也长不高了。所以，才拉了围栏，属权宜之计，等树长高些，牲口够不到树头的时候,围栏即可拆除。林地应该呈现全开放的状态,那才是生态原本该有的自然风貌。

只是去年夏秋雨水出奇的多,在林地里又冲开了一条水沟。下大雨那几天,我回不去,很是担心。堂弟永元是我们社的社长,算是行政村以下一个村民合作社的负责人。我给他打电话,问有没有冲坏树林?他说,没冲坏,只拉开了一道口子。便叮嘱,找几个人,在林子边上开挖一条水渠,让水有地方去,否则,那道口子会越冲越大。过了些日子,我回来时,雨季已经过去,林地里确实冲开了一道歪歪扭扭的口子,像伤口,却看不见水渠。本想找永元说几句,想想又算了。好在那片林地还在,所有栽种的树木也在。

受此启发,今年春上,我想把步子迈得更大一点,心中已经有一个计划,想争取县林业部门的支持,在这里实施一个"生态示范村"建设项目什么的。具体设想是,由县林业部门支持,村民参与配合,我来推进实施——主要是协调省林业部门在苗木以及造林投入上给予政策性扶持。这是后话。

我曾不止一次地给林业部门建议,无论单位、组织、团体还是个人,只要有造林种树的积极性,政府就应该大力支持。也不管什么地方,只要适宜造林种树,也应该大力支持。但凡有人愿意种树,政府就应该免费提供树苗,即便有人把树苗扛回了自己家,也不要紧,只要种活了,种在任何地方,都是国土绿化。这样做有利于带动全社会参与,而只有全社会参与,一个绿色中国的梦想才有可能变成现实。

也许在很多人看来，这事儿似乎与我毫无关系。我一介书生、一个记者，怎么能越俎代庖，管起造林绿化的事来了。我想说的是，这正是我们的问题所在，很多时候，很多事情之所以没有办好，就是因为很多人都觉得事不关己。结果，说的人多，做的人少。我想从自己做起。作为一名记者，我把绿化国土的话挂在嘴上，已经喊了几十年了，收效几何？不敢妄言，也说不上，但我要是种活一棵树，那却是看得见的，真真切切的。

我也确实种过树，而且每年都种，大大小小加起来，几十年间至少也种了上千棵树。我敢说，全中国呼吁造林绿化的记者一定不止成千上万，但种过上千棵树的记者肯定没有几个。我觉得，这还远远不够，在未来的日子里，我更愿意做一个国土绿化的实践者和行动者，而非仅仅是一个鼓吹者和教化者，因为那会更加实在。

所以，我才去看那两条山沟。其实，此前我已经察看过很多次了，看得次数越多，信心也越大，越觉得我能把这事做好。我大半生以写字为生，说实话，在创造一篇文字时，自己的信心还从未如此坚定过。

从那山沟往家走的路上，遇见好几个也在回家的村里人。其中，有我家族内的一位爷爷，他告诉我，后天是观世音菩萨的生日。像是报信，也不知道，他为什么要告诉我这个！路上遇见的人，都问我同样一个问题：到哪儿去了？我也都回答："我到沟里转了转。"

他们当然清楚我所说的"沟"指的是哪里,却不再问我去沟里干什么去了。村里人一般都喜欢只问一个问题,像是彼此遇见的一个仪式,越简单越好,而不喜欢刨根问底。除非一个喜欢开玩笑的人遇见一群也喜欢开玩笑的人。要是那样,他们就会问,你到沟里瞎转啥呢?这时,你最好不要接话茬,否则,他们一定有办法把你再次带回"沟"里。显然,我遇见的人和他们遇见的人都不在其列。

　　我回家。他们也回家。

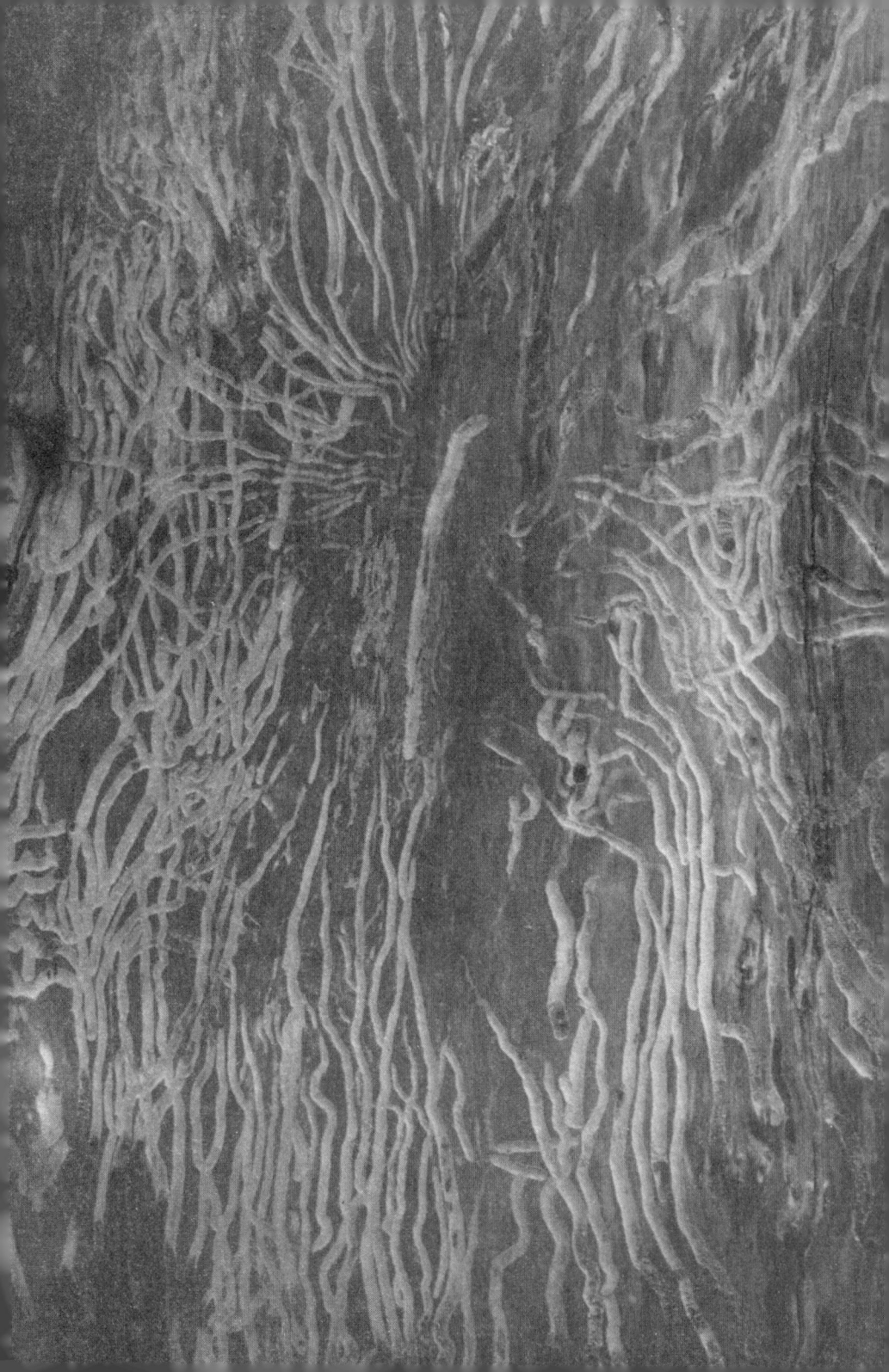

3月23日　　晴转阴

房子的地基开始灌浆了。中午时,屋檐的地基差不多已经浇筑好了。因为,挖地基形成的沟槽太深,运送砂浆的手推车过不去,院墙和隔墙的灌浆可能得等到屋檐的地基凝固以后才能进行。

福来昨天去了一趟西宁,把寄给我的书带过来了。于是,一早上,我都在一边喝茶,一边阅览这些新到的书,感觉有好茶和好书做伴的时光是一种享受。

有一本是李汉荣的《河流记——大地伦理与河流美学》,是百花文艺出版社的鲍伯霞女士寄来的。我想在"百花"出一本散文选,书稿都整理好了,她看了说,前一阵,他们出过两本"自然散文",除李汉荣这本,另一本是鲍尔吉·原野的《没有人在春雨里哭泣》,想把我这本也列入这套书里出,封面样子也差不多，还是由张森先生设计。只是这样得对原来选定的篇目做些删减和调整，这是求之不得的事，我只有好好配合。

今天早上，她又发来微信说，需要一张照片，设计封面用，因不在西宁，从手机相册里挑了几张发过去了。她回复说，可以。并告知，本月底她返聘到期，我这本书是她的收官之作，所以，责任编辑已让刘勇担任，她作为特约编辑参与编辑出版工作。听得此言，多少有点伤感。

我回复："好缘分！5月，《中国作家》有个我作品的研讨会，完了，我去看看鲍老师。现在但凡出去都围着青藏高原，很少再往远处跑。"她回复："是吗，好的。过去几年，5~10月我都在美国女儿家，今年正好不打算过去了。"随后，我又补发了一条："闲下来了，夏天到青海走走，我在乡村有个院子可避暑休息。"

其实，我早应该去看看她的。从我发在《散文》上的第一篇习作算起，已整整过去三十年了。其间，我发在《散文》上的大部分散文作品，责任编辑都是鲍伯霞，可以说，她为我那些文字付出了巨大心血，而我们还未曾谋面。

这几天，不时收到她的微信，问我书稿中个别字词的表述有没有问题，可见，她一直在看我的书稿。昨天微信里她问："《坐在菩提树下听雨》里引用的，花开花败年年有，后面那句是'人生才有几遭哩？'吗？"我回复："是'人身材有几遭哩？'身材，方言，是肉身的意思。"她就说，那原文是对的。

另外，还有两大包书是广西师范大学出版社诗歌编辑刘春先生寄来的，共有二十余本。这些书是我看了他微信里的书目之后，自己掏钱买的，大多与诗歌有关。匆匆浏览一遍之后，我翻开邱华栋的《作家中的作家》读了几页，首篇写的是马塞尔·普鲁斯特，其最著名的作品是《追忆似水年华》。我读的几页，邱华栋一直在谈这部作品，见解独到，值得一读。别的书尚未及细看。

因为，我得不时地去看工地上的进展，尽管帮不上什么忙，但却不能忘了有几个人还在帮我干活，隔一会儿，我得出去问一声，要不要喝点茶休息一下什么的，让他们感觉到他们的劳累我也是放在心上的。

下午又拉来了四五车石头，都很大，人力无法撼动。只能用装载机，可机械毕竟是机械，用它往地基沟槽里倒石头，要么多了，要么不是地方。有一个地方一下堆多了，高出了地坪，人又挪不动，永龙就用铁锤砸，想砸碎一点了再挪地方。几大锤下去，石头纹丝不动，再砸，终于，一块大石头出现裂缝，再把钢钎放在裂缝里砸，才敲下来一小块……他们很辛苦！

人总是这样，大多辛苦都在辛苦的过程中才能体会，要是事先知道如何辛苦，很多事情也许就会事先放弃。比如，我要是事先知道如此辛苦，这房子也许就不盖了。因为，即使不盖这房子，日子也会照常继续。大不了，冬天，寒冷的时候，我就一直待在城里不回来。可我还想回来，还想住得舒服一点。

父母在的时候，即使冬天，每次回来，屋里也是热的，自从父母亲走了之后，即便是夏天，屋里也透着阴冷。于是，才想盖几间新房，里面有暖气的那种。心想，如此，什么时候回来，屋里也应该是暖和的。究竟会怎么样？谁也说不上。很多时候，也许冷暖并不在屋子，而在心里。

　　白成忠先生也来了，一遍遍叮嘱下水道、供电以及供暖设施一定要做好一点，还叮嘱身边的人，经常过来看看，有什么需要帮助解决的，务必尽力。感动莫名。他说，明天他们上坟，完了找地方一起坐坐，说美兰也来。我说，好。

3月24日　　晴转阴

早上，我是被说话的声音吵醒来的。听声音是嘎登，一个堂妹夫，便赶紧起床去招呼。他是一个土木建筑的匠人，福来打电话叫来他，让他当大工，负责房子主体建造。

他正在附近一个乡镇干活儿，今天一早过来，先看看让他干的活儿。再一两天，他那边的活就完了，然后，就过来帮我盖房子。永春也来了，他原本是一个不错的木工，这两年主要做内部装修，也干砖混结构的建筑活。有他俩在，就不用请别的工匠了，家族里还有一些泥瓦匠，自己有这样一支队伍，盖几间简单的砖混木头房子，绰绰有余。

因为还有一点地基上的粗活没有干完，而今天几个小工家里又都上坟，匠人的活还得等一半天，嘎登和永春他们先回去了。这样,今天家里的活得停一天,我也可趁机休息一下了。虽然,我没干什么重活苦活,但是,一直安静惯了,吵吵闹闹好几天,心里还是蛮累的。

正好,成忠昨天也回来了,还有几个乡亲也从远方回到乡里,需要招呼一下,因为家里正在大兴土木,不便招待客人,我让福来在黄河边找了个安静的地方,一个小庭院,一下午将在那里度过。有张有弛,如此甚好。

也许是年龄的缘故,我越来越不喜欢吵闹的环境。从根源上讲,这也许是我为什么要在老家宅院里新盖这几间房子的缘故。如此,在城里待烦了,或者想安静一下了,便可以躲在老家的宅院里住上些日子。

不能说是修身养性,至少可以放松一下心情。有兴致了,侍弄一下土地树木,还可到山野间漫无目的地游走,看看流云,闻闻花香,听听鸟鸣,再读几本喜欢的书,写一些喜欢的文字,平生足矣!

我这等凡夫,人生所幸不过尔尔,夫复何求?

3月26日　　晴转阴

因为前天晚上喝了点酒,昨天一天都没精神。
原本要记一下继续打地基的事,最终还是一个字没写。到昨天晚上,地基主体部分已经基本告竣。这几天都在搬运大石头填地基坑,设法把大石头滚到开挖的沟槽里,尔后用小推车灌浆。晚上还拉来了90根钢筋,今天开始浇筑地基圈梁。
今天的阳光也比前几天灿烂,这几天虽然也有阳光,但天还是不够晴朗。是否有一层淡淡的云,我没有留意。倒是留意过夜晚的天空,因为我看到过月亮,月亮周围确实有几道云彩,想来,白天的天空也是这个样子。
昨天晚上,鑫如芷水(佟鑫)发来微信说,《中国作家》与作协创研部联合召开研讨会的事已获批准。说刊物4月底出来,研讨会等刊物出来后举办。我给青海几位想去参加研讨会的朋友也发了一条微信,告诉他们这事,并让他们写一句话的个人简介发给我,填报名单用。之后就睡了。

一上午,他们还在浇筑地基,下午开始干钢筋活,圈梁浇筑即将进行,之后的活就是砌砖,明天还会来几个人,进度会加快。差不多一两天吧,除了屋顶,其余砖混部分的主体轮廓可能会出来。

木工活得接上,明天,最迟后天得去进木料,我想把屋檐里面门窗以及书架和其他用项的木料一同进了,省得反复折腾。

上午,福来建议前面新铺一条路通往村庄主干道,方便以后进出,省得从别人家门口绕,还不好走。这当然是个好主意,对我们三四家人都好。但是这样,永祥家那十几棵钻天杨都得伐掉,那大多是我伯父种的,要砍伐,永祥不会反对,有好几次,他自己也说过要砍伐那几棵杨树的事。

只因为有一排高大的杨树紧贴着尕魁家的院墙,而另一排杨树又紧挨着永祥家的羊棚,如果没有机械和一帮人共同努力,靠一两个人是无法做到的,现在正好是个机会,人多,还有机械。但是永祥不在家,你要去砍那些杨树,必须得过我伯母这一关。因为是伯父种的,她可能会舍不得,加上岁数大了,身体又不好,这事得慎重。

我对福来说,你先给尕良(永祥的乳名)打个电话,实话实说,然后再去找伯母,说尕良来电话,让我们趁着有机械和人手的时候,把那些树放了。看伯母怎么说,要是不太反对,就做,要是坚决反对,也不能硬来,惹伯母不高兴。福来给尕良打电话时,他不在服务区,后来,他打过来了,说了这事,他说好。现在,就剩伯母这一关了。

我也没啥事,下午又去看了看这条路线,确实不错,基本不需要挤占任何地方,路面经过的地方都是现成的,工程量也不大,只有一个地方需要用土石方垫高一点,完了,铺沙石,用混凝土浇筑路面即可。

回来时,我也仔细看了一下那些杨树,要砍伐确实有难度,主要是挨着羊棚的那一排,弄不好会毁了羊棚。有几棵杨树身上,有一些疤痕,像人的眼睛,很好看。还有几棵树上的疤痕像文字,细看,确实是字,显然是一些顽皮的孩子多年以前刻上去的,后来长成了疤,因为树在不断长大,那些文字也变了形,但更有味道了,像是原本就长在上面的。

有一棵树上写着这样三个字:白羊树。应该是一个很小的孩子写上去的,那时他已经会写几个字了,也知道这是白杨树,但却还不会组"白杨树"这个词。不过,我倒觉得,"白羊树"这个名字也好,好得让人立刻想到了一个星座。

昨晚,县林业局的朋友打电话说今天下午要来,我一直在等,正好可以商量"生态示范村"项目的事。可现在快下午5点了,还没到,也许不来了吧。随缘吧——这种事也只能随缘,强求不来。因为这并非你所能左右的事,尽力就好。

在村庄巷道里走走停停时,脑海中出现了一些画面,想写一首诗,正要着手,院子里喊,需要几颗钉子。眼前又出现了几颗钉子,脑海中的画面不见了,诗没写成。出去问时,说已经有人去买了。可脑海中的那些画面已经消失了,只剩下钉子。满脑子全是钉子,或尖锐、或细长、或短小的钉子。

3月27日　　阴转晴

开始浇筑底层圈梁了,到天黑时,底层圈梁都该好了。

如果红砖今晚到,明天就要砌墙了。人多,砌墙快,估计一天就能砌好。发现北房东首的大墙比原来向外挪了半米,这样,大门也得跟着出去半米。好在把猪圈和草房都拆了,否则,以后门前停车有点紧张。

福来在寺沟峡工地上的活昨天干完了,孖元也从那里回来,今天到这里帮忙,有他和永龙在这里,福来就轻松一些。孖元是我亲叔的独子,他原本还有一个弟弟,幼时夭折,我记得这事,比我小的弟弟妹妹们就未必记得了。孖元是乳名的昵称,本名是子元,因村里胡姓同辈之名皆从"永"字起,又取一学名"永元"。

我这一辈人的家名都是自己的爷爷取的,想来这是一个传统。

一般都在满月前的某一天早晨举行一个简单的仪式,当然要做一点好吃的,然后由父亲去请爷爷来,先款待一番,尔后,将襁褓中的孩子抱给爷爷。爷爷一般会思忖一会儿——可能他早就想好了,但还是得做出琢磨的样子,之后,叫出一个名字来。

因为尚未满月,给我取名字的场景我自然不记得,但我记得给几个妹妹取名字的场景,记得最清楚的是给我最小的妹妹取名的事。她比我小一轮,那时我已经12岁了,记忆像昨天的事一样清晰。

爷爷是早上请来的,等他吃完早饭,喝完茶,父亲也不说什么,只是小心地把我妹妹抱给他,爷爷自然是心领神会。只见他沉吟半晌,自言自语道:"嗯,一年又过完了,已经是春天了,又添一喜,就叫春喜吧。"那会儿,我就很佩服爷爷,觉得他很了不起。其实,在我爷爷起的名字中,春喜的名字并不是最好的,别的女孩的名字也并不怎么好。

在我爷爷取的所有名字中,最好的是我几个弟弟的名字,依次是子良、子魁、子元——尕良、尕魁、尕元都是他们的昵称。

一开始,我也并不知道这几个名字有多好,一次家中来了几个亲戚,都是老者,皆有学问。几杯酒下肚,开始高谈阔论,一人便高喊:"谈笑皆鸿儒,往来无白丁。"那个时候,我已经念了几年书,感觉他们几个是在以"鸿儒"自诩。

我爷爷虽然目不识丁,但因品性好,在附近村庄中稍有声望，且年长，居于首席。可能正是想到这一点，那老翁突然改口夸赞我爷爷："还是阿吾（兄长或哥哥的意思）有学问……"话还没说完，我爷爷虚张声势地咳嗽了一下，他便不吭声了。我爷爷很有自知之明，也有风度，那风度是用恰到好处的谦和表现出来的。他尽管盘腿而坐，还是欠了欠身道："我一个拾粪种地的，我要是有学问，要你们何用？"几位都感觉到了这话的厉害，便呵呵地笑了几声。

我爷爷的妹夫我姑爷也在座，姓白，字中魁，号野鹤。从他们几位对他的谦让中，我能看得出来，他当是其中最有学问的一位。他接过话茬笑道："单从你给几个孙子起的名字看，你就有学问，你看，子良、子魁、子元，一个比一个好。"我才知道，几个弟弟的名字好。

我姑爷夸赞的名字里没有我。我的乳名叫尚威，在我老家方言中与"上位"同音，也因此给我爷爷惹来了一些小灾祸。一次运动中，有人提出这名字有问题，并煽动广大贫下中农批斗我爷爷，我爷爷胆小，回家就给我改名：子夫，但名字一旦叫开了——哪怕是一个绰号，也不是说改就能改得了的。一家人还叫尚威，甚至村上的贫下中农和社员同志们也还叫我尚威，家里人担心再惹事，又改了一个字叫：威威，是尚威的昵称。

我的子夫之名，没叫几天便也不叫了——我弟弟妹妹们也未必知道我还有这样一个名字。我叫子夫的时候，他们都没有出生。等他们一个个相继来到人世的时候，我爷爷再也不敢以"尚"字起名，而是从已经没人叫的"子夫"两个字接着起。于是，才有了几个弟弟的好名字。

子良是伯父的独子，子魁是亲弟，子元是叔父的儿子——原本子元还有一个弟弟，因夭折，就不提他名字了。这样我这三个弟弟正好一家一个，都如亲弟——福来、永春、永龙，还有德德（为昵称，本名福德）也一样。

福来和德德是我堂叔的儿子，因为以前堂叔的父亲、我三爷因祸入狱，几乎一生都在狱中度过，我三奶踮着个小脚，一个人带着两儿两女，因家境贫寒，两个姑姑倒是不难，到了出嫁的时候自然会有人上门提亲，可两个叔叔却没条件娶妻。

不得已，大堂叔倒插门入赘我母亲的娘家，娶了我大姨，我又是我大姨带大的，她如同乳娘。我大姨生了三个儿子和一个女儿，最小的一个儿子因故早逝，另两个，一个是福来，一个是德德，女儿叫晓玲，于我亦如亲弟、亲妹。德德上完学在县上工作，晓玲早已出嫁。

自从子魁另立门户，我与父母亲一起生活之后，但凡家中有什么事，我多半都会让福来操心，这次盖房子也一样。拆房盖房毕竟不是小事，耗费财力物力不说，还耗费很多精力，要不是他催促张罗，说不定，我还下不了这个决心。

4月1日　　晴

29日,女儿回来了,因为清明那天她要参加一个朗诵比赛的开赛仪式,回不来,便提前过来了。那天正好福来他们也上坟,一早,我先去福来家送去几刀烧纸,那里是母亲的娘家。回来又陪女儿去上坟。吃过午饭,女儿便回去了。临上车,女儿偎在我怀里不舍的样子,让我心里很不是滋味儿。目送她远去后,心里一下就空了。

那一天,我一个字没写,只想女儿。

第二天,我也干了一点活。因为门前台子在去年的雨季塌下去了不少,想借此机会一并用石头砌起来。如果不把台子沿儿上的一些树砍了,会影响施工。但我想保住一棵楸子树和一棵李子树,台子下面的几棵云杉、油松和野生花灌木也需要事先移开,好给挖掘机腾一条路出来。这些事都需要我在现场。

到晚上有点累了，翻了几页书，睡了。这一天也一个字没写。

昨天——3月的最后一天，从早上到晚上8点，我一直在官亭的木材市场买木料。两个木匠，永龙和嘎登负责挑选木料，还有一个姑父、一个表弟和一个堂弟，负责把挑好的木头挪到指定的位置，因为有一部分木料需要在木材加工点分成木板或锯成两三截。

所有的重体力活都是他们几个人干的，我的任务主要是为他们提供后勤保障，买点小东西什么的。在木材市场转了一天回来，还是挺累的。抽空还发了一条微信，图片拍的都是木材市场。原本想他们都睡了之后写几行字，可是一坐在凳子上就睡着了。

睡着之前，我又发了两条微信：《年轮》之一和之二。《年轮》之一拍的都是俄罗斯原木的断面或截面，其中一个截面是我买的一根原木，我粗略数了数，它的年轮在150圈以上——也许有200圈。这当然不是这个市场最大的原木，最大的几根原木树龄都应该在300年以上。

在那个地方，我所看到仅有的本地木料是两半截冬果梨木，一截是根部，一截是从根部锯下来的，长都在1.5米左右，截面直径约70厘米。因为截面已经非常陈旧，且有裂缝，年轮已难以分辨，但以我的经验判断，一棵冬果树要长成这个样子，至少也需要200年以上的时间。

两截果木的树皮早已掉光了,像是自然脱落的样子,经风吹日晒,色泽光洁,灰亮中透着青紫,单看那润润的色泽,不像是木头而更像是美玉。而且,通体密密麻麻地布满了虫子啃噬出来的纹路,像神秘的字符,像线条装饰画,更像是来自另一个世界的慈悲咒语。

如此,半截几百年的本土老果木望着堆积如山的俄罗斯森林的尸骸。

对一个小镇来说,那算得上是一个很大的木材市场,所堆积木材少说也有上千立方米。这是个什么概念呢?这么说吧,一棵长了200年左右的俄罗斯松树大约有1立方米木料,而这里超过200年树龄的木料大约占20%的样子,100年到200年树龄的占40%,另有40%是50年到100年树龄的。如此估算下来,这个木材市场里堆积着大约上万棵松树。

而木材市场的木料每天都在流动,昨天就运来了两大车,都是那种挂着两个货箱的大货车,一辆车至少应该能装数十立方米木料。车来自中国内蒙古,它们满载着原木,从中俄口岸二连浩特开出,经长途跋涉,驶入青藏高原东端的黄河谷地。我想,要形成如此规模的一个市场,至少需要三五年时间。而它每年的木材销售量至少不下1000立方米,从木材价格的涨势可以看出,当地木材需求量还在不断增长,去年至今年,仅仅一年时间,平均每立方米原木的价格上涨了200元人民币。

有朋友在微信里"哇"地喊了一声道:"看年轮,都是多么古老的树啊！"

我回复："每棵树在俄罗斯大地上生长了 200 年以上。"

朋友："俄罗斯气候要冷凉一些，树生长也要缓慢一些，那些年轮，很是震撼！"

我回复："200 年前大清朝开始衰落，200 年前彼得大帝开创的俄罗斯帝国已经非常强大。"

朋友哈哈笑道："这就是历史。"

是的，这就是历史。

这个市场所有的木料几乎皆为同一种针叶乔木，从没有枝叶的树干判断，应该是冷杉，也可能是红松——这需要进一步证实。其树干形态、树高、胸径粗细程度都与青海云杉差不多，只是鳞片没有云杉密。据玛可河林业局的调查，天然云杉林每公顷的平均密度为 870 棵。1000 公顷的土地上，可生长 87 万棵云杉。而这个数字随时都在变化，并以几何数成倍增加。我估计，这个小镇的木材市场要消耗 1000 公顷的俄罗斯森林，顶多不会超过 10 年——也许只需要 5 年时间。

如此看来，只用数十年时间，官亭周边乡村不大的一片地方，也许就让一片上万公顷的俄罗斯森林化为乌有。可以肯定的是，在中国乃至全世界巨大的木材市场上，官亭这个依然落后的西部乡镇所占的市场份额几乎可以忽略不计。而且我知道，这样的事不只发生在俄罗斯，自 1998 年中国全境天然林禁伐之后，全世界的森林消失的步伐突然加快，十几亿人的一个大市场在任何方面都会对整个地球产生深远影响，包括森林和整个生态系统。这些快速消失的森林主要分布在俄罗斯西伯利亚、南美洲的亚马孙流域、东南亚热带雨林区，甚至还包括非洲的局部地区。

（补记：后来，又多次去那个木材市场买过几根粗壮的木头，有机会与市场老板闲聊，才得知，那些木头并不是我自以为的俄罗斯红松，而是清一色的樟子松，听说红松太硬，结子也多，当柱子还好，不能做房梁、檩子和椽子，容易折。老板是土族，姓赵，名幸福。他告诉我，这个小市场每年的木材吞吐量大约在1.2万立方米，产值超过2000万元，净利润却只有20万元左右——20万元？人类为了一点蝇头小利，可以肆无忌惮地让一大片森林消失。

赵幸福说，木头生意利薄，主要是损耗太多。想来也是，一棵高大的松树被伐倒以后，可用的只是去皮后的树干，树枝、树梢以及树皮、树根都成了废料甚至森林垃圾，而一棵树却是靠它们才能活着，才能生长。）

我是被尕元叫醒来的。他说，卸木头时，一根木头滚下来砸到了一个堂叔的墙角，把墙角一个砖柱底下的几片砖给砸坏了，让我去给这个堂叔说一声。我便赶紧跑过去看。堂叔家的灯还亮着，我敲了几下门，没反应，便没敢再敲。堂叔虽然年纪比我小好几岁，但毕竟是长辈。便对几个卸木头的人说，明天再说。说完，一转念，觉得哪里有点不对，便没好气地说了他们几句。我说，这样的事儿本应该你们自己处理。这事儿虽然跟我有关，但人家的墙角却不是我砸坏的，应该是谁的责任谁负。说完了,又有点过意不去,便又宽慰了几句:不过事情已经发生了,也没啥,我们把墙角修好就成了。话明天再说,先回屋喝点水,休息一下。除了几根大木头,其余木料也都搬回去了。他们说要回家休息。我回到屋里时已经快午夜了。没心思再写字了,倒头就睡。

醒来已经是4月了。

4月3日　　晴间多云

1日晚跑到西宁喝了一场酒，2日下午回来。

我以为屋顶的浇筑已经完成，其实，屋顶的浇筑才刚刚开始。而且，进展非常缓慢。他们说，浇筑完可能要到夜里12点。也就是说，吃过晚饭还得接着干。因为，现浇面不能中断，中断了会留下裂缝，后患无穷。后来，永春把那叫"爬山虎"的上料传送装置稍稍改进了一下，也就是把"爬山虎"的铁架子放平了一点，阻力减小，上料的速度一下子就快了，一台小型搅拌机连轴转还供不应求。也因为这个原因，晚饭后，又干了两个多小时，夜里11点前，屋顶的浇筑全部结束，比预计的时间提前了一个小时。

这样，房子钢筋水泥部分的主体结构已经出来了，剩下的是屋檐木结构部分。有两个妹夫、一个弟弟和一个远房姑父——四个木匠在干木工活，他们说，再有三天时间，屋檐木工活也基本出来了。从今天开始，门前土台子塌陷部分的浆砌石也在整体推进，有一大段已经起来1米多高。再有两三天，估计也差不多了。

当然，还有很多活。包括大门——我和福来准备下周一去循化看门，那里有不少专门做木大门的加工店，我决定买一个现成的，要不太耗精力了——还有，改建一段门口进出的水泥路……墙面和室内的细活以及门窗可能得到两三个月后才能继续了。这段时间里，我也得去继续我的田野调查，今年的计划还是去玉树，穿越通天河谷，细细地走一遍。也许，这是我在高海拔地区进行的最后一次田野调查，之后，我得把时间留给老家和老家附近的这一片山野了。

那个时候，现在建的这几间房子正好派上用场了。我可以不定期地在这里住上一段时间，并从家门口开始我新的跋涉和调查，继续我有关人与自然的思考和书写——我越来越确定，这并非理想，而是生活。

今天收工早，下午还宰了一只羊犒劳大家，晚饭就是羊肉和凉面。因为明天很多人有事，除了妹夫嘎登都回自己家了。一吃完饭，嘎登就睡了。这几天每晚都有干活的人在家里留宿，又因为拆掉了一排房子，少了两张炕，妹妹们只得去弟弟家睡了。我出去溜达了一圈，用手机拍了两张山村夜晚的灯光，一张是庙上的，另一张是山村的，看着是灯光，拍出来却像星星。

此时，山村一派宁静。屋里也很静。

4月4日　　　晴间多云

老白

原本是要去老白那里的,今天他们有一个点灯放生的活动。

前两天回西宁时,我答应要去的,可是,早上在门口转了一圈,又回屋里了。后来,福来问我去不去老白那里,他要去一趟县城,要去的话,他顺道送我过去。其实,早上我也是这么想的。可这会儿,我却说,你先去吧,我一会儿再看。为什么要这样?我自己也说不清楚。这是我经常会犯的一个毛病,在某一个时刻,要做一个决定时,会突然犹豫不决,令自己陷入尴尬的境地。现在已经快11点了,也许老白佛堂的千灯已经点燃,放生活动马上开始。他也许会一直朝某处张望,看我有没有来,也许还会担心,想我为什么没去,会不会有什么事?想到这里,我很惭愧。

于是，我问自己：为什么？细细想来，可能与我昨晚看到的一条微信有关，那条微信让我很不舒服，而发微信的人今天也在那里。我可能不想见到此人才迟疑不决的。其实，我完全不必在意这些，他在与不在，并不会妨碍我。可事情往往就是这样，一个人无意间的一句话会改变你的一个决定。

昨夜，躺在炕上，有好一阵子，我一直在想老白。其实，这些年我一直在想老白，尤其这三五年想得越来越多了。我们相识已经有二十余年了，虽然，平日里我都称他老白，但他和万成都称我大哥。青海有很多人都知道我们三人之间的这层关系，知道我们是结义兄弟，我老大，万成老二，而真正的白家老二却排在老三。我们都是同一年生人，都是1962年的虎。我是阴历八月三十日生的，公历到9月下旬了，可见我们三人的生辰相差无几。凡知道我们这层关系的青海人——也有不少外地人都非常羡慕这份情义，都说这样的情义当今罕见。我们都为之骄傲，也确实值得骄傲。

大约在四年前，我正式向老白提出一个请求，说我决定要写写他的故事，让他配合。那时我母亲刚刚离开，父亲也病危，我一直在老家陪伴父亲。只要回民和老家，老白都会来陪我说话。这样的交谈持续了十几天吧，他一般中午以前到我家，问候完父亲，我们就坐在现在已经拆除重建的那面屋子里说话，中午简单吃点便饭，继续说话，一直到晚饭前，他才离开。

我们主要的话题是他大半生的经历，我还记了笔记。可是，这么长时间过去，我仍旧一个字没写——这么说也不太准确。其间，我还是写过一些文字的，比如《来自唐朝的音乐》，写的就是老白的故事。但那只是老白某一天或某几天的故事，在他大半生的经历中，那顶多是一个片段，属临时插曲。而我之前准备要写的是老白大半生甚至一生的故事。

对一个人来说，无论怎么看，那都算得上是一段传奇。如果把它放在我们出生的这片山野，再与整个青藏高原的历史文化联系在一起，甚至可以说，这是一段青藏高原的传奇。也正因为如此，我必须慎重对待。至少在我，这是一件很隆重的事。故一直在想怎么写，却也一直没有想好怎样写才好，才不至于辜负了这份情义。如果找不到一个理想的表达方式或叙事策略，我宁肯不写，也不会用自己都不满意的文字糊弄。我想老白也会理解——尽管我猜想，他可能偶尔也会想，说要写他的，可已经好几年过去了，为什么一直不见动静呢？因为，直到今天，我还是没有想好要怎么写。

写作从来就不是想写就写的事情，它必须水到渠成才行。别人我不敢说，对我而言，写作一直是一件神圣的事情。一部理想作品的诞生过程，不仅仅是劳动的结果，更是造化。这也正是普鲁斯特为什么直到生命的最后才写《追忆似水年华》，马尔克斯苦苦寻找《百年孤独》开头的缘故——在别人眼里，那也许只是包含了过去、现在和未来的一句话，但在马尔克斯看来，那一句话其实就是"百年孤独"。

因为想到了《追忆似水年华》，我也想，老白，我亲爱的兄弟，你是否也在"追忆似水年华"？因为想到了《百年孤独》，我又想，老白，我亲爱的兄弟，你是否也感到孤独？

现在，已经是正午，我想，放生活动应该已经结束了，生命的旅程已经开始，无尽的轮回也已经开始。而点燃的千灯应该还在飘摇，但黑暗还在，光明也还在。我又一次错过了点燃光明的机会，也再一次错过了护送生命远行的日子。

老白，自然姓白，名永录，小名宝德。有关他小时候和年轻时候的经历，都是他自己说给我听的。虽然，早在认识他之前，我已经听说过很多有关他的事，有些可能是事实——比如一次我在《人民日报》上看到一个整版广告，说的是重庆一个冠以"国际"字样的重大商业项目，上面有两个人的头像，一位是董事长的，我不认识，一位是总经理的，就是老白。有些则属传闻，但是，我记住的还是他说的那些事。

据他的回忆和讲述，幼时家境很不好，甚至非常贫寒，所以，他和哥哥姐姐们都没有上过学，几个弟弟妹妹也没读过几年书。又因为从小就没了父亲，少了一份疼爱，比其他孩子更为不幸。他说，是母亲和养父把他拉扯大的。

当然，被母亲和养父拉扯大的除了他，还有七个兄弟姐妹，包括一个哥哥、两个弟弟、三个姐姐和一个妹妹，都是同胞骨肉。四个兄弟和一个妹妹我都熟悉，三个姐姐我却没多大印象。

可以想到，为此他们的养父所付出的辛劳，这是一份也许永远也无法偿还报答的恩德，老白也一直不敢有片刻的淡忘。但是，他更知道母亲的不易。这是一种日益深刻的懂得，这种懂得是随着阅历和年龄的增长日益加深的。随着自己年龄的增长，日子也越来越好过了，可他越来越觉得母亲的一生太不容易了。

尤其是，随着慈母的离去，对母亲的感恩和回忆几乎已变成了深深的忏悔，这倒不是因为自己的亏欠和忘恩，而是因为自己开始或已经明白，那种恩德是不可能有所报答的。母爱，原本不图回报，你又怎能报答，又何以为报呢？以致每次想起母亲，都会禁不住热泪横流。与我说话的那几天，他几乎都在不停地流泪。我感觉，对母爱的回想在他已然成为慈悲的源泉。所以流泪，不是因为悲伤，而是因为慈悲的资粮和福报。

其实，我们都知道他已经做得非常好了，不敢说万成，至少比我好得多。白家母亲是几年前才突然离开人世的，生前曾有缘多次在老人家身边说笑，哄她老人家高兴。每当此时，老白总是小心恭敬地在一旁笑着。从他的一举一动中，我能感受得到，母亲在他心里已经不是一个普通的老太太，而已然是一尊慈悲的女神，是一位菩萨。此情此景，所有面对过的人无不为之动容。

而老太太却不为所动，她总是满脸的慈爱和欢喜。我看得出来，她对自己一生的功德还是满意的，尤其是对孩子们已经拥有的生活，她更是满怀感恩。所以，她走得从容安详。

老白说，正因为家里困难，他很年轻的时候就出去打拼了。

14岁时已经在东大滩水库的工地上拉架子车干活。他说，那里风大，刮大风时自己都站不稳，像是要被风刮走的样子。

我知道东大滩这个名字大概也是在那个时候。我伯父也在那个工地上，不是拉架子车，而是开推土机。伯父是水利工程局的一名长期工人，曾辗转青海很多水利水电建设工地，东大滩水库差不多是他最后工作过的一个工地。长期工人，这个名字只在那个年代才有，给现在的年轻人要讲这个名词，恐怕说半天也不一定听得明白。因为水库修了很多年，那个年代通信又不方便，我爷爷或其他家里人给伯父写信的重任一般都会落在我的身上，所以，我知道东大滩，但在我那也只是行政区划上的一个通信地址，而不是地理概念上的具体方位。

我知道东大滩的准确位置是很久以后的事，而老白14岁时就已经在那里干活了。认识老白以后，每次路过青海湖以北的那个水库，我都会想起老白，当然还有我伯父。

东大滩水库竣工以后，我伯父到不远处的哈尔盖火车站附近去守工程局的一个库房，那时，我已经上大学了，有一年暑假，我还带几个女同学去看过我伯父。坐火车去哈尔盖的路上，我还写过一首诗，写的是从火车窗户里看到的湟水谷地和谷地里飘摇的灯火，还写了灯影里的母亲。

而老白则去了更远的地方，而且，越走越远，最后竟走到了"天上的西藏"，他自己说，那是"扛着一把铁锹闯西藏"。完了，一般还会补上一句："当时身上只有几块钱。"有时也会说："身上一毛钱都没有。"总之，几乎身无分文，穷光蛋一个。

　　从青海去西藏要翻越唐古拉山，他去西藏的时候，青藏公路还在修，他又在唐古拉山上修了一两年路，之后才到西藏的。所以，在他的记忆里去西藏的路并不好走。无论你为什么去西藏，这都是一条难走的路——也许是世界上最难走的路。而只有朝圣者才会选最难走的路，也许正是这个缘故，去西藏的路上，朝圣者的脚步一直没有停过。听他的讲述，好像他是一边修着路，一边沿着刚修的路一步步走到西藏的。感觉这更像是朝圣。

　　即使从东大滩启程去西藏，而不是从老家的本康滩，唐古拉也不是他要翻越的第一座山，更不是唯一的山脉。东大滩紧挨着巍巍祁连，唐古拉之前还有昆仑，而要翻越唐古拉，从昆仑山口还得一直往高处走，这条路的最高处才是唐古拉山口。在与老白相识相知以后的日子里，我曾想，如果他生命里只有一座山给他留下了难以磨灭的印记，那一定是唐古拉，如果有第二座山，才会是家乡的康格达——一座拥有"雪山之王"康盖嘉吾威名的神山。由此可以想见，唐古拉之于老白一生的意义。

　　那已经是与老白相交多年以后的事。差不多有五六年时间，我们几乎天天在一起喝酒，有时候一连好几天、白天黑夜都在喝。那得喝掉多少酒啊！这么说吧，那个时候，老白与茅台酒厂合作在贵州遵义建了一个酒厂，第一批产品老白自己进了一车皮,放在一个地方,只一年时间,那一车皮"青藏陈"便没有了。夸张吧?后来我想,一年时间,我们几个人怎么喝也喝不了那么多啊,可那些酒确实没了。

也是在那一段时间,喝完酒,我们便醉醺醺地去唱歌,一般也不去卡拉OK那种地方,而是去"朗玛厅",说白了就是藏族人喝酒唱歌的地方。如果不去"朗玛厅",就到老白在青海宾馆的住处,再后来就去老白在共和路的家里。一般都会叫几名歌手去,都是圈子里面自己喜欢的歌手——后来我也想,那简直就是"寻欢作乐"。过分吧?是过分了点,不是对别人,而是对自己。

是啊,时间过得真快,一眨眼,老白滴酒不沾已经快十年了!但那会儿,他是喝酒的,不但喝,而且每次把所有人都喝醉了,他还在喝。如果没人陪他喝了,肯定会再找些人,换个地方重新开喝。而每次喝酒唱歌都会有一个保留节目:唱响《无尽的思念》,向风雪唐古拉致敬。这是一首歌唱青藏公路建设者的歌曲,一开始,一般都会由一名藏族高音女歌手开唱,中间部分也都会毫不例外地演变成男女大合唱,而到副歌部分的时候,我们这些酒汉却能知趣地闭上嘴,让完美的女高音来演绎那令人落泪的高亢和悠长,唱那风雪中的"摸爬滚打",唱那世界之巅的"安然倒下"。最后一句是"你的双眼依然凝视着唐古拉"。先是低回下滑的吟唱,尔后是激越高亢的重复和咏叹:"你的双眼依然凝视着唐古拉。"如果此时你看老白,他已是满眼满脸的泪,恣意,纵横。

是的，老白是从如此令人魂牵梦绕的唐古拉走向西藏的。

西藏应该是成就了老白的那一段传奇。从世俗的意义上说，他在西藏的十几年也应该是他人生最辉煌的阶段。尔后，他辉煌地回来了。我们的相见，是他回来以后的事。而回来之后的二十余年里所发生的事，我是熟悉的，因为我们一起经历了这二十余年，一直到今天，并成为最好的兄弟。

你说，我不写老白谁写？告诉你吧，除了我，让谁写，我都不放心！这并不是说，没有人写得比我好——写得比我好的大有人在，而是绝不会有第二个人会像我一样用心去写。可是，我确实没想好怎么写。

从这个意义上说，我今天没去老白那里也许是一个无法弥补的错误。假如去了，在点燃一盏灯，让光明照耀心灵的一刹那，或者放飞一只鸽子或放走一条小鱼的瞬间，说不定，我就能想到该怎么写了。

也许，一切都早已注定，都是一种缘分。我与老白是这样，我与万成也是这样。相识是缘，相知也是缘。缘在，俱在。俱在，定然自在。而自在便是圆满。夫复何求？

4月5日　　晴

清明

　　以前,我们都定在清明前一天上坟祭祖。这样做有个好处,家族所有出嫁的老少姑娘都会记住这个日子,而且不需要另行通知。而以前交通通信都不方便,专程跑去通知一个日子也比较困难,住在附近的还好,嫁到远处的还得专门派个人跑一趟。凡事有利有弊,这样做也有不好处,那就是如果清明前一天是周一到周五,上学的孩子们得请一天假。

　　所以,自从清明放假之后,我主张把上坟的日子改到清明当天了,这样无论哪一天是清明,孩子们都不需要请假了。而上坟祭祖可以少几个老人、大人,但如果没有孩子们的参与,就冷清了。我喜欢一厢情愿地认为,祖先们也一定喜欢看到家族人丁兴旺的样子。

　　今年清明跟往年稍有区别的是,后人上坟祭祖的队伍里又添了两名男丁,都是才几个月的孩子,分别是我两个侄子的长子,名字都是我取的。我已经成了好几个孩子的爷爷。加上外甥女的孩子,我已经是一群孩子的爷爷了。

我这一辈,我上面只有一个姐姐,其余十几个都是弟弟妹妹,我就成了大爷。与东北等地管伯父叫大爷不一样,我老家一带只管最大的爷爷才叫大爷。我父亲一辈子都没当过大爷,因为他还有个哥哥,而我却成了大爷。

我们家族在上坟这天相聚的人家每年都不一样,今年清明轮到一个岁数比我小的堂叔家里,明年轮到一个堂弟家里。走在去坟地的路上,前前后后一瞧,我已经是队伍里年龄最大的人了。这说明,在这条路上,我所能行进的日子也越来越少。等有一天,上坟的族人队伍里不见了我的身影,我一定在前方跟祖先们在一起,等待后辈族人的抵达。

也许不会。一经离开这个世界,今生的缘分已尽,所有族人都会各奔东西,彼此不知所终,也无从记忆前世过往。至于后世子孙是否记挂,已经是一件毫无意义的事情。从这个意义上看,所谓缅怀,告慰的并非先辈,而是依然活着的这些人。

尽管一小半人的辈分都比我大,不是叔叔,就是姑姑、姑父,但年龄都比我小,其余都是弟弟妹妹和侄子及孙子、孙女了。与往年清明不大一样的是,今年族人上坟的队伍里还多了两个侄媳。

当地有个风俗,家族里娶进来的媳妇刚进家门那天必须得去上坟，之后则都不能去了。但也有例外，辈分小又为家族新添了男丁的媳妇们却可以破例，今年刚好有两个侄媳妇生了男孩，也去了。从出嫁的姑娘们对她们一路上的照顾呵护中，能看出来她们在家族中的地位已经初步确立，因而可能会感到自豪吧。

有了这个地位，她们与祖坟也有了直接的关系。当地还有一个风俗，凡娶进门后未生育男丁者，死后不得进祖坟。虽说尘归尘、土归土，但从过往的岁月看，嫁入族内的女人还是很看重这一点。

我有个奶奶，十三岁嫁过来，自己还是个孩子，却仍然拼命地为家族尽繁育子嗣之责，一连生了三四个女孩，还不甘心。等第三个女儿出生时，已经开始计划生育了。可为了生一男丁，她还要生。生到第五个时，终于诞下一子，才罢休。

不久，我那患有严重哮喘的堂爷留下独子撒手而去，堂叔年幼，我奶奶又拼了命养育。等他终于长大成人，她才长舒一口气。这两年随着年岁越来越高，领着孙子从门前巷道里走过时，偶尔会伸长了脖子，高傲地望一眼祖坟的方向，仿佛在说，去那里的路上已无任何阻挡。至于什么时候去，那得看她自己的方便了。她想什么时候去，就什么时候去，那是她的自由。

族内曾祖辈的事，我没经历，也不清楚，但祖辈、父辈里确实有好几位奶奶、阿姨因为没有儿子，没能进祖坟。有的埋在祖坟旁边的荒地上，也有的埋在自家的田埂上。每年清明上坟，去这些坟头祭扫者，必是至亲，其余族人均不见前往。久之，遂淡忘。很多次，我都想，如果她们泉下有知，一定会怨恨，并责问后人：为什么会这样？为族人她们辛苦一辈子，完了，还要把她们与族人隔离开来，这样做有失公允。虽身为后人，仍觉此风陋矣。然，此乃风俗，要破除绝非易事。

这还是正常亡故的先人，所有非正常亡故的先人尚不在其列。但凡英年早逝者、恶疾毙命者、服毒自尽者，或遭横祸暴毙者，亦不能入祖坟。虽皆为先人，可待遇却大不相同。每每路过这些孤零零的坟头，心中顿生羞愧，不敢正视。但愿已在另一个世界的亡灵再也感受不到人世间的不平。

因为是清明，国人都放假了，我们也停工一天，放了一天假，让大家先都去祭拜祖先，再干后人的活。除非成为先人，让后人祭奠缅怀，否则，作为后人的活是永远也干不完的。

4月7日　　晴间多云

　　从昨天开始,除了木工,其余工作都转入门前台子的浆砌石,进度也明显加快了,照此进展,这项小工程估计明天可以完工了。挖掘机和装载机作业时,压断了花园的几棵树,我很心疼。还有一些树被提前移开了,我用土临时把树根埋了。等花园台沿塌陷部分的浆砌石活完成了,我就得把那些树重新找地方种好。
　　另外,门前的花园里到处都堆着旧房上拆下来的木头,有一部分旧木料要搭建车棚和杂物间,其余也需要慢慢清理,至少得找个地方,堆放得整齐一点。这些活,可能都得由我慢慢干了。
　　供排水部分的活可能也需要一天时间。可能是设计和施工质量都有问题,多年来村里的自来水一直不太稳定,尤其是冬春季节，三天两头停水。福来建议在门口卫生间的边上埋设一个大塑料桶，用来蓄水，装上一个小水泵，以保障供水。塑料桶昨天下午已经送来了，容积是5吨。我出去看了一眼，像个圆形的小水塔。

  木工活还得两三天，今天是阴历三月初三，福来问我，立木结构屋檐的时候要不要看个日子？我说，一开始就没看，再不看了。随后，我瞅了一眼日历，又说，不找人看了，不过，过几天就是三月初八（以我们的风俗，每月的初一、初八、十五都是吉祥的日子），就定在初八吧。福来、孕元、永春都说好。这样，再过三五天，这几间砖混木结构的房子要现出原形了。

4月7日　阴转多云　又记

祖辈的事

我爷爷弟兄四个,他是老大,还有三个妹妹。

四兄弟,自下而上,四爷,前面已经说了,从小出家到寺院当了僧人,僧名"成利",人称阿克成利。附近村庄里的人,有时会直呼"喇嘛"。我们那一带人,通常管僧人不叫僧人,而叫喇嘛,想来与喇嘛教的兴盛有关。

三爷小时候上过学,应该只念到小学毕业。弟兄几个中,我三爷最顽皮,听老人们说,他小时候经常拿一把猎枪,趴在屋顶上吓唬路上的行人。他也不伤人,只是趁人不备放一枪,走路的人会吓着。有几次,人是骑在马上的,他朝马后面的路面开枪,马惊了,防不住,人会摔下来。他就在屋顶上偷着乐。

解放后,村里人不放过这些事,成了罪状,三爷被捕入狱。因为是未成年时的事，情节也不严重，只判了一年半载。可他一天也不想在狱中度过，于是越狱，竟脱逃了几个小时，这下罪行加重了，加刑至三年。不承想，他不长记性，竟再度越狱，而且脱逃了好几年，还在一片草原落脚，娶了妻，成了家，还生了一个女儿——算是我姑姑了。几年之后终于再次被缉拿归案。这下罪孽深重，被判无期。

后来，他终于减刑，盼到刑满释放的一天了，可他不愿回来，说还要在监狱农场当农工，在那里待着。那时，我已经上高中了，逢年过节，他偶尔回来，看到一个孙子已经读高中了，就喜欢我，见到我，也总是会多说几句话。我也觉得，他不像个罪犯，而更像个疾恶如仇的绿林好汉。

只要看谁不顺眼，哪怕是亲兄弟，他也跟你急眼，当场让你下不来台。可他根本不在乎你是否能下得了台。他最恨的一个人就是我家后面那个老汉，总想着哪一天要把他狠狠揍一顿，那老汉也知道这一点，总躲着，只要远远看见了，他总会拐到另一个方向，从来不跟你照面。

他也就没揍成，这也许是他一生最大的憾事。我感觉，让他再用一辈子的牢狱之苦去换对那个人的一顿暴揍，他定会笑着自己走向监牢，即使牢底坐穿，也绝不再越狱。

我爷爷却看不惯他这点，受一辈子罪，还是不长记性。他们在一起时，看着不对劲，我爷爷便拿眼睛狠狠地瞪他，虽然他也生气，但总还是让着自己的哥哥。我爷爷可能是他在这世上唯一不会硬顶撞的人。四爷就没这么幸运了，谁让他是他弟弟呢。有好几次都差点打起来，要是当时没人拦着，他不定会把我四爷打成什么样呢。

再说我那三位姑奶奶。从上往下排，大姑奶奶在弟兄姊妹中排老三，比我二爷小，比三爷大，二姑奶奶，比三爷、四爷都小，只比最小的三姑奶奶大，排行老六。现在，也只剩我三姑奶奶尚在人世，是我每次回去都想去看望的一位老先人了。说起来，也就三姑奶奶的日子过得好一些。

三姑奶奶多年前摔了一跤，伤了腰椎，留下后遗症，直不起腰。坐着还好，要是站着或行走，都得弓着身子，人折成了一个直角。每次看见，她都盯着手中的念珠，在轻声念诵"南无阿弥陀佛"几个字。她说，自己记性不好，经文记不住，怕念错，念佛号简单，已经念了好几亿遍。我的好几位祖辈都有自己的念珠，我只动过三姑奶奶的念珠。那是一串极其普通的念珠，分量很轻，应该是菩提子。

大姑奶奶嫁的是号野鹤的白中魁老先生，附近乡里人都称他白先生。野鹤老人也有几十年牢狱生涯，据说是私刻公章通关罪。我姑奶奶一个人拉扯一大家子过了大半辈子，我姑爷才刑满释放，幸好我姑爷有个亲弟，叫罗藏，也是僧人，虽然也曾还俗，但一直守着出家人的清规戒律，做点裁缝活，贴补家用，减轻了大姑奶奶的不少负担。姑爷刑满回家之后，宗教政策也放宽了，罗藏又回寺院当僧人去了。

过得最艰辛的算是我二姑奶奶了。可能小时候患有小儿麻痹症，她一直佝偻着身子，直不起来，而且，手指都是弯曲的。也可能这个缘故，上苍在让她以残缺之身活在世上时，又给了她特别的聪慧。二姑奶奶是一位心灵手巧的女性，尤其那一手刺绣的手艺，令人惊讶。也许是因为她那双手的样子，我才觉得那样一双手怎么可以创造出如此锦绣的呢？

她还会唱很多民间小调，旋律多悲伤，每次都能把人唱哭了。她自己也哭。长大后，懂事了，才想，姑奶奶应该不是因为那曲调、那故事哭的，而是为自己一生的煎熬哭的。唱的是别人家的曲儿，想起的却全是自己的伤心事儿。

因为身体原因，我曾祖父、曾祖母不忍让她离得太远，害怕她会受委屈，也担心她没办法养活自己。所以二姑爷是入赘在我们家的，我小时候，他们还住在老祖宅里——那时候，我们家老祖宅里住着好几户人，有一户还是家族外的村民。后来，二姑爷、姑奶奶也自己另过了，但家还在门前不远处。

我曾祖父在我出生前已经不在世了，据说是知道我三爷越狱后去寻找他的路上死的。那一次，我爷爷也差点送命。听说老父亲客死他乡，他就去找。徒步走路去找。已经走到青海湖边上了，遇见一位好心的司机，硬把他给拉回来了。曾祖母我是记得的，我大姑奶奶老了的模样就是我曾祖母的样子。曾祖母在世时，我二姑爷和二姑奶奶还住在我们家门前，她也过世之后，二姑爷就带着我二姑奶奶回他自己的村庄里住了。回去之后，的确饱受煎熬，不忍回望以记之。

据说，我曾祖父甚至也想到了这样一种结局，所以也对我二姑奶奶有一些特别的安排。可能当时家底儿还不错，有一些银两积蓄。我曾祖父做了一个明智的决定,把全部的家底分成了两份儿,一份分给几个儿子,另一份全部留给了我二姑奶奶,以备不时之需。后来,听到的一些事证明这应该是真事。

我记事的时候,我家一间屋子里有一个小瓷坛,后来不小心把坛子碰碎了,才发现里面都是银圆。母亲说,那是我爷爷的,后来爷爷取走了。直到长大后,我才知道里面有些银圆还是很值钱的。一枚清代的龙元,当时好像就能换好几百块钱,当时的几百块钱够一家人吃一年。一二十年后,一块清代龙元的市场价,在西宁够买一套小房子了。

那个时候,我四奶奶早已经去世,四爷又成了孤家寡人。他曾一度也想回去继续当僧人,可放不下我堂叔。我四爷还俗回家后染上一些坏习气——赌博。据说我四奶奶还抽过大烟,我没见过她抽大烟的样子,但记得她是吸鼻烟的,怀里总揣着一个精致的小鼻烟壶。

每次看见,总想拿着摸摸,她可能担心会不小心给打碎了,从来也没让我摸过。现在想来,那应该是一个小玉壶,上面还有淡淡的画,画的什么已经不记得了,只记得有一个像一颗葡萄样紫红的壶盖儿,应该是玛瑙。她吸鼻烟时,小心地拔下壶盖儿,将壶嘴儿对准了拇指的指甲盖,轻轻一磕,一小撮儿白色粉末就堆在指甲上。她把它送到鼻孔前一吸,那粉末就进到鼻腔里了。末了,她一般都会深吸一口气,伸一下脖子,像是很舒服的样子。有时,可能是脖子伸展的姿势不对，呛着了，便打喷嚏，眼泪都会打出来。也可能她就想打喷嚏，因为打完喷嚏，抹眼泪的同时她总会说："舒坦，太舒坦了。"

四爷因为赌博，总是手头紧张。那年月谁都紧张，但我四爷更紧张。他就胡想主意。就想到了我二姑奶奶，觉得他妹妹手里的那点银子还在。于是就想出各种稀奇古怪的理由去跟妹妹借。说是借，但谁都清楚这是有去无回的事。也许我姑奶奶也清楚他那点心思，可那是自己的亲哥哥，不好戳穿，也不能不给情面，那点银子便也陆续到了我四爷手里。

虽然这些事都是听来的，但四爷喜欢银子的事我是知道一些的。那时，我已经读高中了，住校，得吃食堂，尽管只往粮站交粮食而不要伙食费，但每个月还是需要零花钱的。那年月，有时候家里几块钱也拿不出来。一次回家时，母亲说，家里一分钱也没有了，你把这个拿去，给你四爷，看能不能换几块钱。顺手递给我一块银圆，上面有点油污，表面不那么光亮，只记得上面有条龙。

我心里还嘀咕，这老东西还能换钱，但是没办法，只得怯生生地跑去找四爷。四爷看了看，喜上眉梢，却又为难地说，这东西不值钱，不过你上学是大事，我给你想想办法，过了一会儿，他喊我，出去时，他给了一张十元的票子。我大喜过望。这事儿也就这么记住了。

拿了那些银子，我四爷也没干成啥事，除了自己吃了点喝了点，剩下全在赌场给输了。我四爷不在世之后，族内有人见到当年跟他一起赌过的人，闲聊，那人也不知来人是其族人，说起一个叫某某的人跟他一起赌博的事儿，才得知我四爷输的不是一个小数。

三爷原本也不知道有这些事儿，家里人知道他脾气，有意避而不谈。此前多年，三爷、四爷一家都住在老祖宅里，一家一面房子，单独起锅灶。三爷一家住西屋，四爷一家住北屋。三爷刑满之前，四爷才搬出来，自己打了庄廓，盖了房子，有了自己的院子。可不知为什么，北屋炕上的炕柜却一直没有搬走，柜门还是锁着的。

一次，三爷回来后盯着那老炕柜，想家里穷得叮当响，把这破柜子锁这么牢实，里面到底能有啥？就想打开了看看，便笑了笑，问我那小脚的三奶奶："你在这里面锁着啥宝贝东西呢？"我三奶奶心里一慌，吱吱呜呜，半天说不出一句话。三爷觉得奇怪，说："把钥匙拿来，我打开看看。"这下三奶奶更慌了，三爷却不依不饶，还很生气。三奶奶就小心地说："柜子是四爷的，是他锁着的，钥匙也在他手里。"这才一点一点问出些事来了。

听到这些事儿，他就气不打一处来。平时也尽量忍着，可三爷喜欢饮酒，难免要喝高了，喝醉了。一翻腾，这些事儿就往上顶，往上冒，就开始骂骂咧咧。骂着骂着，还不解气，非要去找四爷说理。只要身边有人也都会拦着不让去，去了也于事无补。四爷也总是躲着，避着，可总有防不胜防的时候，两老兄弟就会正面交锋。一般也是言语的交锋,少有肢体接触,至少我没有看到。

四爷原本还有一些事，也当记之，但今天记得有点多了，当改日另行记之。我先得把他们兄弟姐妹的一些大事给记下来。

在我爷爷四兄弟中，最有出息的应该是我二爷，解放前已经受过高等教育，学的是医学。可惜命薄，还没等解放就在老家英年早逝。据说是临解放前，回家躲避兵乱的。

从小时候见过的一些书籍判断，他还精通西洋文字，因为我几位姑奶奶他的妹妹们夹针线的硬皮大厚书都是洋文写成的。姑奶奶们说，那是她们特意拣出来夹针线用的，别的都在解放后怕给家里惹祸，自己在灶火里烧了，烧了整整一晚上还没烧完。想来他是个爱书之人，否则，在躲避兵荒马乱的年月里，也不会千里迢迢把那些书带回家里，那得多累啊。

据我父亲讲，来不及烧的一部分书，他们都扔进堂屋的隔墙夹层了，有几年，我都望着那隔墙，想在里面找那些书。一次，与永祥真拿一根木棍，在里面倒腾半天，却什么也没弄出来。父亲说，早被老鼠啃成碎渣渣儿了，说不定连渣渣儿也不剩了。于是作罢。

那会儿，我父亲还是个孩子。我连二爷的照片也没见过，只见过他写的大字，挂在祖宅堂屋的墙上，后来也不见了，可能腊月年根里扫房子时当垃圾扔了。据说，以前还有一些，不料祖宅起火，烧掉屋顶两排木楼，残余部分也都烧成焦炭了，那些字也给烧了。我记得房子上的木头都是黑黑的，用指甲一抠还能抠下炭灰来。

现在回想起来,那些字应该是有点价值的,至少对这个家族有保存记忆的价值。除了这些大字和那几本书,还有一张名片,白纸上印的,上面除了名讳,只有几个字:迪化县文卫科——迪化就是现在的乌鲁木齐市,却没有任何头衔。名片现在还在我手里保存着,这恐怕是我二爷在这世上唯一的遗物。

二爷原本还有一子,因生于迪化,名迪生,也患有佝偻病,在我八九岁时亡故,年仅二十出头。他是我小时候放羊的师父,我年幼无知,是迪生叔在照顾我,护着我,有启蒙教化之恩。他认得一些字,还吹一手好笛子,原以为,他的名字就是笛声。等我也上学识字之后,我才知道迪生并非笛声。

后面的话是我叔父讲的。解放时,一家人都担心我二爷可能是国民党的什么人,他自己也从来不说自己是哪一部分的。因为是学医的,就给四乡八邻的乡亲义诊,尤以疑难杂症见长,医好过很多人,也救过不少人的命。临了,自己却染上杂病,不治而亡。我叔父猜测,他不是国民党的人,去新疆时应该已经是延安方面指派的地下共产党员。因为,解放后不久,新成立的新疆省府曾派几个人专程来家里寻找过,对家人都很客气。听说,他已撒手西去,都感到惋惜,直说来晚了,来晚了。

但他没有等到那一天。算时间,那几个寻他的人刚一出迪化,他就径自而去。从此,不再与这个世界有任何瓜葛。

如此想来，我爷爷这几兄弟，也属我爷爷算是善终了。因为，没念过书，也没出家为僧，一辈子勤勤恳恳种庄稼，没享过大福，也没受过大罪……拿我爷爷自己的话说，他这一辈子都是没日没夜地熬过来的。走的时候，也才古稀之年，算不上高寿，可一辈子也没什么杂病。

爷爷生前，一次暑假过后，送我去过一趟北京。临走，伯父交代一定得领爷爷去查下身体。我就带他去了海淀医院，医生说，也没什么大毛病，就是严重贫血。我没敢给他老人家说"严重"两个字，却把这两个字换成了一个字，说有"点"贫血。爷爷不明白啥叫贫血，我就说，他们的意思是你身上的血比别人少。爷爷听了，哈哈大笑起来，眼泪都笑出来了，唇上两撇花白胡子乱颤。他戴着一副老式石头眼镜，听后他摘掉眼镜，想了想，继续大笑不止。看他笑成那样，我也在一旁陪着他傻笑。

除非是实在忍不住了，否则，我爷爷是绝不会笑成这样的。完了，才抹了一把嘴，抹去挂在胡子上的泪珠道："一只麻雀的血肯定比一只鸡的少啊。"完了，又笑。

这是我跟爷爷最后在一起的日子。再次回家时，他已经不在了。

我爷爷有半句名言：这世上的人其实就跟蚂蚁一样……为什么说是半句，因为我总觉得，它还有半句，只是爷爷留在自己肚子里没有说出来。我后来甚至想试着给它续上后半句，比如：一不留神，就会被谁一脚踩死了；或者随便一个什么东西，随时都会要了你的小命……

可是，总觉得，这不像是我爷爷说的话，而更像是他孙子说的。跟爷爷说话的口气相比，还欠一些火候，也欠一点力道。就像我们经常会读到"人如蝼蚁"这样的文字，我爷爷不会说出这样的话，要说的话，也一定是他孙子说的。

想起爷爷留下的这半句名言时，我也想到了那些老榆木上的虫纹，感觉它们之间似乎也有着某种联系。至于是什么样的联系，却也说不上来，也参不明白，悟不透。也许我爷爷知道它们之间的联系是什么，但他再也不会说给我听了。

后来听弟弟永祥说，爷爷火化下葬时，我伯父坚持将我爷爷用了一辈子的一盘念珠、一个龙碗和那副石头眼镜都给他陪葬了。我说呢，那些东西怎么都不见了，原来还在爷爷身边。

因为老人用的念珠不能随便动，对那念珠的材质我没有印象了，可以肯定的是，它是个老物件。老到什么程度也不好说，不过至少也是他父辈留下的物件。那龙碗，沿口薄如蝉翼，敲之，声如古磬；那眼镜，炎炎夏日戴之，如沐春风，两眼顿时一片清凉。那以后，我对伯父的敬重里又多了些喜欢的成分。据村里和家族里的人讲，那都是宝物。

4月9日　　阴

昨天和福来去循化看木大门，中午赶到积石镇。因为是午间休息时间，外甥雪俊的两位同事小韩、小李便带我去看，如此，我们直接就去了位于街子的一家木门加工厂，没用多长时间就选好了一款不大不小的大门，预付了定金，定好了送货的日期，在路边小饭馆吃了午饭，就回来了。

下午4点左右赶回家里时，门前的浆砌石墙已经完工。我把前些日子移出来的一棵丁香和昨天下午新移开的两棵暴马丁香，在新完成的石墙边选个地方重新栽上了。

晚饭后，福来和永龙又坐了一会儿，走的时候快11点了。送走了他们，有点累，我也睡了。刚躺下没一会儿，咳嗽又开始了。一阵一阵的，而且，持续时间越来越长。清明去上坟时，风很大。也不知从什么时候开始的，每年清明上完坟，我们都不会急着回家，而是在坟地边的山坡上小憩，已经成了风俗。

一开始，可能只是为了休息一下。因为家族的坟地在山坡上，路远，也不好走。上了岁数的族人都上不去，能走上去的人，到坟地时也有点累，需要休息一下。后来，大家觉得在山坡上干坐着不好，应该带点熟食和酒水什么的，祭拜完祖先，捎带着慰劳一下后人，搞一个简单的野餐活动。后来，坟地边上的野餐也成了风俗。每年清明上坟都有坟主，像总召集人的角色，其主要的职责是要喂养一头坟猪，宰杀以祭奠祖先，尔后，族人聚餐分享之，聚餐地点也在坟主家里。

因为有很多事需要操心，坟主不便固定下来，所有族人以户为单位逐户轮流担此重任，以体现公平。如此，每年带熟食和酒水的事自然也落在了坟主头上。偶尔也会有别的族人带些东西上去，丰富大家野餐的内容和形式。这样的贡献一般都由家中有喜事的族人自觉承担，贡献大小也没有定制，全看各自的自觉程度，量力而行。

在所有喜事中，谁家要是添了新人，尤其是新的男丁，被视为最大的喜事。今年因为新添两男丁，是大喜事，喜酒自然是少不了的，熟食也比往年多。所以，在坟地边上野餐的时间也比往年长一些。

我被风吹着了，也没有别的不适，只是咳嗽。夜里严重一些，且一天比一天严重。两个妹妹催了好几次，让我去买点药。我嘴里答应着，却一直没去。直到今天早上，我自己也觉得该吃点药了,才去村医那儿买了点药回来,吃了。

之后,在炕上躺了一会儿,感觉舒服一些了,又到工地上转了一圈。今天下午收工时,所有砖混结构和浆砌石的活已所剩不多了,等木工活一结束,整个房子就立起来了。

我现在还想象不出,屋檐顶部铺设钢化玻璃后的效果究竟会怎么样?采光效果肯定是不错的,但实用和结构效果确实不好说,我没经验,工匠们也没经验。他们只是在执行并落实我的设想,算是实验性结构。无论怎样,这是我第一次试图把住所建成自己想要的样子。

此前我所有住过的屋子,尽管自己住在那里,但是建造房子的人从未征求过你的意见,好像那跟你无关。所有与房子有关的印象都是住进去以后才形成的,即便对某些结构很不满意,你也只能去接受,而无权改变,也无法改变。总感觉这事荒唐,却无能为力。

这次有点不一样的是,你终于可以做一回主了。一想到,一辈子终于有机会依照自己的意愿盖了一座房子,而且还在自己出生长大的地方,而且还要住在里面,心里还是挺有成就感的——也许那就是某种欲望得到满足的感觉。虽然,从内心里,我宁肯它是诗意栖居的一环,而非欲望,但是,诗意的栖居难道就不是一种欲望吗?于是,困惑。也许这就是人性。

不想就此追问下去。可能与身体的不适有关,对任何事都提不起兴趣。便读了几页书,是广西师范大学出版社出的"诗想者"中的一本，与当代中国诗歌创作有关。读到的这几页说的是当代诗歌与传统诗歌精神的关系，一节文字还没读完，又不想读了，合上，放下。却突发奇想。

设想，假如李白和苏东坡再世，并完全能识读所有几经简化的方块字，用唐朝或大宋的汉语读音来吟诵当代中国诗人的诗作，那会是个怎样的情景？关键是，他们会作何感想？如果他们能耐着性子读完所有的当代诗歌作品，我敢断定，他们会说，绝大多数作品不堪入目——也许其比例会高达 95% 以上，只有极少数作品可能会给他们留下印象，觉得这些像市井俗语一样的白话文字也是耐人寻味的，其内在品质甚至已经超越了时间的意义——他们最好的作品也不过如此。

我想，那就是所谓的诗歌精神或人类心目中永恒的诗意。从这个意义上说，无论是古代的还是当代和未来时代的，也许真正的诗歌，都会超越时间和时代，找到恒久的可能和不朽的意义，并存在下去。只要还有诗歌，这种品质便不会消失，或者说，只要这种品质在，真正的诗歌就不会消亡。

4月10日　　晴间多云

"在作为一个建筑师之前,我首先是一个文人。"

"不要先想什么是重要的事情,而是先想什么是有情趣的事情,并身体力行地去做。"

"造房子,就是造一个小世界。"

这三句话是王澍说的。他有一本书,书名就是《造房子》。他在"自序"里说,这是他常对弟子说的三句话。我感觉,正因为这三句话,他才有别于很多建筑师,成为王澍。我并非建筑师,但也算是一个文人,并一直想成为一个有情趣的人。

永春跑过来问,因为屋檐顶部的钢化玻璃是平的,水趔怎么取?他建议利用地坪来取,让水沿着屋檐琉璃从东头流出。也就是说,让屋檐走廊的地坪由西往东稍稍倾斜2厘米左右,让屋顶与地面平行,水就往东走了。我说,这样地面不就斜了，会不会感觉不舒服？他说，以十四五米的总长度，一两厘米的斜度用肉眼几乎无法分辨。讨论了一会儿，实在想不出比这更好的办法，决定就用此法。

他走了之后，我又一个人琢磨，可否在屋顶想办法？比如，用玻璃板错落起伏的办法，可这样密封又成为问题。最后，我才想到，让方形椽子上面横格状的长条木板整体有所倾斜，这样只要由西往东在椽子和木条之间撑入2厘米及以下的长方形小木板，依次降低厚底，到最后一根椽子前让厚度变为零。这样做比地面倾斜要理想得多，而且因为钢化玻璃是透明的，又在顶部，2厘米的总斜度更不易觉察。便急急跑去问永春此法是否可行？他说，可以。

尕玛打来电话说，两条狗已经找到了，下午送到恰卜恰，让人去拉。说完谢谢，就给福来打电话，说狗找到了。他在海南哇玉有个工地，干点零活。工程指挥部需要两条狗看守工地库房，让他找。他找了好几天，未果。

以前农村很多人家都养狗看家护院，现在也养。只是以前养的都是大狗，如藏狗、猎犬、牧羊犬、藏獒，各种猛犬应有尽有，而现在大狗不见了，满巷道嬉闹奔跑的都是猫一样大小的宠物狗，担不起看家护院的责任，更看不了工地库房。

我知道，现在你要找大狗，就得到牧区草原上找。尽管这两年牧区草原的狗因为防治包虫病的缘故，也一下少了很多，但那都是流浪狗，牧人一家一户养的狗还在，而且都是大狗，有藏狗、牧羊犬和藏獒。尕玛曾是我的同事，后调到海南州工作，已经有三十年了，老家也在海南，找狗这样的事，除了他别人未必会愿意的。便给他打电话请求帮忙，这不，才两天时间，狗已经找到了。

午饭后，他们继续干未完的活，我开始侍弄我的树木。去年多雨，门前台子塌陷之后，影响到很多树的生长。其中有一棵柏树和一棵油松，都已经长到五六米高了，从去年秋天树身一直歪着，如果再不矫正，肯定会越长越歪。油松倒不要紧，松树嘛，长歪一点说不定会有另一番景致，所以，我只用一根粗壮的木头顶了一下，稍稍扶正了一点，让它继续歪着。而那棵柏树是一定要扶正的，我在树身上撑了一段圆木，再用一根绳子系牢，拉直了拽在跟前的一棵大核桃树上，拴着。就这一点活，干完了也已经出汗了。因为我还在感冒和咳嗽，就停止劳动，回到屋里坐着了。

听见电锯的尖叫，出去看了一下，两个河南人在伐那一排新疆杨。早上福来遇到两个收木头的人，便领来了。讨价还价之后，十几棵树以七百块成交。这几天我们多次谈到伐树的事，总觉得难，这下好了。

我问了一下，买这些杨木有何用？我们烧柴也不喜欢用杨树。他们回答，加工木工板，然后再拉回来卖给你们。话说得直截了当。我知道木工板，质量好点的，在当地每块的售价是两百块左右。十几棵杨树才七百块钱，要是加工成木工板，那得多少钱啊？最少也不会低于七千块，一进一出就是十倍的利润。所谓的差距，不只在于地区自然条件之优劣，更在于人的观念。

补记：多日以后，安装屋顶玻璃的师傅来看过。他说，那点斜度根本不够，尤其是玻璃，它虽光滑，却有吸附力，会把树叶等屋顶垃圾粘在上面，雨水落在上面不会流淌，很容易形成积水。加之平时家中无人，如有强降雨，则殃及屋檐，久而久之，必成隐患。想想也是，玻璃那么光滑，一滴水珠挂在垂直的玻璃上，宁愿就地蒸发，也一点都不会往下滑落。

听他如此说，福来看着永春，永春却看着我。这的确怪不得永春，主意是我拿的。我问装玻璃的师傅，现在怎么办呢？他说，没有别的办法，只能将水趸往屋后改。因为前后间距小，即使斜度不够大，水也会流淌。不得已，原计划做玻璃撑子的薄木板只好也改用跟椽子一样大小的方木，由屋檐往后渐次消减厚度，到最后，让玻璃直接架在混凝土浇筑的金柱墙头。这样做，除了增加一些木料之外，技术难度倒也不大。

如此决定之后，永春负责尺度的把握，我三妹夫也是个木匠，剩下的事就交给他了。他又是锛子又是刨子，折腾了整整一天，才把这事儿给解决了。之后，我又回城里待着了。过几日再次回去时，屋檐顶部的钢化玻璃已经装好了。

4月11日　　晴

其实，已经是12日凌晨了。

因为要早起立房子——把木结构的屋檐架起来，我比平日睡得早一点，10点多就睡了。前檐的柱子和檩子已经套好了，平放在院子里。约好明天一早太阳出来的时候，一群人拴上几条绳子把它拉起来，立在屋檐的柱顶石上。也许在中午之前，就能铺上椽子。

歪元说，无论多早，立房子的人都不能空着肚子，这是规矩。所以，木匠和其他下苦干活的人早上5点多就到家里吃早饭，我也得起来，见证这一神圣的时刻。

以当地习俗，盖房上梁是要选日子、看时刻的，我没找人看，根据进展情况，自己定在了初八这一天。歪元说，这一天是兔日子，还好。

我不知道——或者已经不记得什么日子好，但记得牛羊鸡等这些"红杀"日子是不怎么好的。"红杀"这俩字是否该写成这样，我并不确定，或许写成"红煞"更贴切。总感觉这些日子都与十二生肖中可宰杀的动物有关——其余皆不可宰杀，亦不可食其肉，此乃禁忌，不可逾越，便写成这样了。至于时刻，尕元建议在太阳花红的时候，大概在早晨 6 点 30 分左右。

可是，跟前几天夜里一样，一阵剧烈的咳嗽还是把我给咳醒了。无法继续入睡，便起来喝水，顺便瞅了一眼微信，看到本报客户端的一段视频，拍摄的是三江源国家公园黄河源园区各种野生动物飞奔的画面，我留意了一下，有藏野驴和藏原羚，还有一些飞禽，都是航拍画面。

从动物们的反应看，它们明显受到了惊吓，尤其是那一群藏原羚，是突然跳起来飞奔而去的。觉得此做法欠妥，便在微信评论里留言："这是追赶而非拍摄！"随后又写道："应该提倡无惊扰拍摄。无惊扰拍摄应该写进新闻职业守则。新闻记者当率先垂范！如果航拍器使动物感到害怕，就该禁止使用，尤其在国家公园。而此画面中的动物的确受到了惊吓……"

写这留言时，仿佛有航拍器嗡嗡刺耳的尖叫，而那声音却一直追赶着野生动物，使它们惊恐万状。

4月12日　小雨转晴

我被说话声吵醒时，听到有人说，雨下大了。

听声音是尕元。他是个勤谨少睡之人，一年四季每天都起得很早。即使没什么事，也要早早起来，生火，烧茶，喝茶，如果实在无事可干，他会爬到后面山顶再走回来。有时候会带个编织袋什么的，回来时顺便捡一袋牛粪煨炕；有时候就是因为睡不着才起来走走的，反正不睡懒觉。

他家在村子西头，虽然也很近，但除了福来，几个弟兄就他住得远。他都已经到了，我不能再睡了。起床去隔壁屋子打招呼，天还黑着，很多人都已经来了。既然不能空着肚子立房子，就擦了把脸，赶紧招呼吃早饭。

我还问了一句，如果雨一直不停，是否可以挪到明天再立房子。好几个人都说："不行，立房子的日子定了再不能变。"

早饭后，雨还在下。虽然没有下大的样子，但也没有要停下来的意思。

总共五间屋檐的檩柱昨天下午已经套好了，得把它们先立起来。在几个木匠的指挥下，每根柱头上都拴上绳子，一群人分成两拨，一拨站在堂屋的屋顶拽着绳子往上拉，一拨站在底下往上抬。尽管也费了不少劲，但立柱子确实没用多长时间。看着新新的木头淋湿了，有点心疼。抬头看了看天，自言自语："这雨不会下大吧？是不是日子不对？"

这话被我堂叔听了去，他转身安慰道："这个日子选得好啊！"

我看堂叔一眼："我随便选的日子，没选好，你看偏偏遇上下雨。"堂叔比我小好几岁，平日里我跟堂叔说话也很随便。

"立柱上梁时，老人们都希望能下点雨，淋一下木头呢。这样的日子很难挑，可遇而不可求啊！"堂叔又看我一眼，眼神中有点训我的意思。

"这话怎么说？"我感到不解，但语气已经柔和了很多。堂叔扬起一只手，用手指做了个弹水的动作，说："这就像是洒净水。天洒净水比人洒好吧？"我连忙说："好好好。"就不再担心下雨的事了，还心想，那就下大点吧。

堂叔是我四爷的独子。我四爷从小出家为僧，后来宗教改革，他还俗回家，娶妻生子，过起了俗人生活——那一辈的僧人大多都有这样的经历。堂叔有一个姐姐，跟我同岁，因病已去世多年，堂叔属蛇，比我小三岁。

堂叔几年前受过重伤，伤到了腰椎，做过手术。他生性顽皮，喜欢开玩笑。这点倒很像我四爷，除了贪心和赌博，四爷身上也有很多优点。他为人随和，什么时候都是乐呵呵的，也喜欢开玩笑。不论老少远近，跟什么人都能说到一起，交际更是广泛，三教九流均有往来。

有几年，堂叔开一辆三轮车做点小本生意，早出晚归。一天回来早，正踩着油门一路上坡往家走，见本村的一个人在路边站着，没熄火，松一下油门停下，跟那人说话。没说两句，杠上了，他抬起一只手去打那个人，那人一躲闪，没打着。一松手，车没收拾住，往后退，赶紧回头想把车停住。可这时车已经滑到路边的河沟里了，他自己从车上往下跳，又被车打翻在地，伤到了腰椎……人都说，万幸，要压在车下面就完了。

可堂叔还是觉得自己很不幸，刚挣上些钱，总会出点事，把那点钱又扔进去。堂叔有三个女儿，想有个儿子，可转念一想，幸亏是三个女儿，要有个儿子，估计连媳妇都娶不上。

这些年农村很多男孩子到了娶妻生子的时候，都娶不上媳妇，已成为一个严重的社会问题。上不了大学的孩子，无论男女，高中一毕业就都去外面打工了，女孩子基本上都不回来，直接找人嫁了。十里八乡回来的全是男孩子，到了娶妻生子的时候，放眼望去，附近一个女孩都不剩了。每个村庄里都有不少大龄男青年在巷道里走来走去……

堂叔两个女儿已经出嫁，每个女儿出嫁时，都送来十万八万的彩礼,顶大用了。我堂婶常年一直病着,也说不出是啥病,自从嫁过门,没一天安生过。为此堂叔很是头疼,无论他多么卖力气,家里一个人一直病着,生活一直没有宽裕过。一想起这事儿,堂叔就觉得自己一辈子都是为别人在受苦受累,就觉得自己很不幸。好在他不会一直惦记这事儿,也还能开开玩笑,放松一下自己,否则,那日子过起来的确不是个滋味。

虽然,他腰伤早好了,却留下了一点后遗症,干不了重活。所以,这些天也很少见他来工地,可能因为听到今天立柱子,才特意跑来的。

借堂叔吉言,这的确是个好日子。雨不但没有下大,而且,越下越小,到中午时,竟然放晴了。

接下来的活,进展却越来越慢。我原以为中午以前能铺上椽子,可是从早上6点30分一直忙到晚上7点,屋檐花槽部分的活还没干完,说不定还得一上午时间。这样说来,到明天晚上能铺上椽子就已经很快了。

下午,我留意了一下昨晚那条有关野生动物的微信,发现一早就删除了。估计与我的留言有关,这并非我的本意,我只是提了个合理的建议,删除之后,我的建议也没人看到了。

正在纳闷儿,佟鑫打电话来问,《冻土笔记》研讨会的时间定在5月15日到20日之间可否?我说,没问题。晚上,她又告诉我,时间就定在下月17日了。正好过几天,房子也建起来了,先得晾一阵子,简单装修的活得过几个月才能继续。

  我也可以去忙点别的事了。至少不能把所有心思都放在一座房子上，说白了，它就是一座房子。之所以盖这几间房子，只是想在回老家小住时，能住得稍稍舒服一点，可以静静地看看书，写写字，仅此而已。

4月13日　　雨

　　早上起来时就下着小雨。

　　春雨贵如油，原以为下一会儿就停了，工匠们都坐在屋里喝酒、喝茶、抽烟，等着。等到中午了，雨不但没停，还下大了一些，到午饭后还在继续。于是，继续喝酒、喝茶、抽烟，等着。

　　也不知谁说了一声，打牌。我找出两副旧了的扑克放到炕桌上，开始打扑克。又有人说，看样子，这雨一时半会儿也停不了，干打牌没意思，干脆赢点钱，只出不进，买只羊，过阴天。

　　众声响应。一开始，打得很小，一把五元，四个人打，三打一，输赢一次也才十五元，打了好一阵子，也才凑了一百来块。大家都嫌慢，有几个人觉得这样下去，羊是吃不上了，便回家了。

他们走了之后，地上的桌子空出来了，四个人又从炕上挪到地上，继续战斗。为了缩短战斗时间，大伙儿都同意加大点力度，一把十元起，打满二十元。果然见效快。又过了两个小时之后，管账的人手里已经有六百多块钱了，加上欠款已经上千了，够买一只小羊。便停止战斗，永龙打电话给一个侄子，让送一只小羊过来。

我抽空到屋后看了一眼排水情况，看见昨天挖开的小水渠里已经有流水了，还不少。可是，流着流着却不见了，全渗入渠边的土堆里了。还发现门前台子底下汪着一片水。因施工，原先铺设好的排水管道给压坏了，水流不出去。

就找了一把铁锹去挑水渠，先在门前台子地下挖开了一条水线。后又在屋后的排水渠里折腾半天，试图让水沿排水渠流出去，可能是因为新开的水渠边的泥土太松软了，能渗水，我最终也没能解决这个问题，还踩了两脚泥。

在院中积水处把鞋上的泥洗干净回到屋里时，他们几个又在打牌，不赌钱，赌酒。我出去这一会儿工夫，三四个人都有点醉了，在说醉话。这个时候，羊已经送到了，一个帮我干活的亲戚帮着我三妹夫开始宰羊，煮肉的事当然由我二妹妹来操心了。

羊肉上桌时，几个喝酒的人才放下酒杯。我以为，他们不再喝了，可吃完羊肉，他们又端上了酒杯。不过，都喝不下了，吵吵了一阵子，皆散去。我堂妹夫嘎登躺在沙发上死活拉不动弹，以为他真醉得动不了。可等人都散去之后，他自己爬起来说，他要睡了。我说，还没吃晚饭呢。他说，再不吃，睡了。没过半分钟，我已听见他的呼噜声了。

嘎登是个木匠，知道很多老木匠的故事。我曾听他讲过一个李木匠，虽只是一些片段，算不上故事，但已有传奇的味道。听上去，那还不完全是传说，因为李木匠实有其人，家就在附近的另一个村庄，上了岁数的人还都见过真人。

我只记得一件事，说那李木匠能骑着木工干活时撑木头的木马到处飞来飞去，一两个时辰就能从兰州走一个来回。想了想，那速度比超音速飞机还快。他骑木马飞去之前，会点一盏灯，而后拿个什么东西扣着，不让见光。无论飞多远，灯灭之前，他是务必要回来的。要是灯提前灭了，他就永远回不来了。他离开之后，留在那里的人也不能挪动扣在灯盏上的物件，否则，他会中途掉在地上，摔死，甚至会消失在另一个时空里，不知所终……

我觉得那不是一个普通的木匠，而是一个有法力的世外高人。心里一直惦记着，想找个机会，听他讲那些往事。以为今天是个机会，可他倒头就睡，我只有听他的呼噜声了。也许知道他是一个木匠的缘故，他的呼噜声怎么听都像是锯木头的声音，在屋子里也能发出空旷之音。

4月13日　雨　又记

牡丹与银子

　　祖宅后面高台上种着一些树木花草，除了几棵杂果树，还有一棵柏树，是我们家族最老的树，应该跟家族在此地的历史一样久远。

　　柏树原本长得旺盛，大约20世纪70年代的一个夏天，主干曾遭雷劈，树冠损伤严重。之后也还活着，也往大里长，但好像一直没有缓过劲儿来。旁边一棵杏树、一棵酸梨树的树枝又横七竖八地伸展到它的周围，像是有意欺负于它，它也安于忍气吞声的日子。夏天旁边树木枝叶繁茂时，你要不仔细留意，甚至看不到那儿还有那么大一棵古柏。

　　再就是大墙根儿里的几棵牡丹树，我记得有四棵，也可能是三棵或五棵，其中一棵开的是紫黑色的花朵，黑牡丹罕见，应该是稀罕物。

后来也不知道谁想起来的,老宅后花园里还有几棵牡丹。这时才有人说,那些牡丹早被我四爷挖去卖了钱了,说那牡丹能入药。牡丹、芍药均可入药,这不是什么稀罕事。也就不提这事儿了。后来,又有人说,我四爷挖牡丹去换钱是假,找银子是真。

我没看见是四爷挖掉了那几棵牡丹,断了它的根,但那几棵牡丹的确是不在了。多年以后,祖上要重修家族的佛堂——我们叫却康,地点就选在那几棵牡丹所在的高台上。这倒是个不错的主意,因为没有了屋顶的木楼,那高台几乎与屋顶平齐,在那儿建佛堂,位置突出,高高耸立,显得庄严肃穆,是理想的选址。

原先的佛堂在屋顶的木楼上,被大火化为灰烬,连供奉的佛像唐卡也没有了。一开始重修的佛堂是两间平房,里面也非常简单,除了佛龛(我们叫"空卡拉哇")里面用绸缎遮盖住的佛像唐卡之外,也就一张点灯献水的供桌。地上连个草垫都没有,族人去佛堂点灯磕头,都是直接跪在地上的。多年后,佛堂再次重修,这次还是两间,但改成了上下两层的楼房,底层用钢筋水泥建造,顶层还是木楼。这样比以前气派多了,楼顶经幡飘扬,从很远的地方都能看见。

第二次重修佛堂时,我建议把那棵柏树跟前的一棵杏树和一棵酸梨树也放了,给柏树的生长腾出了足够宽松的空间,佛堂的两边又各种了几棵云杉。云杉属常绿植物,这样冬天也能见到几棵树是绿的。

修佛堂对族人是一件大事,每家每户都会出力参与。看到那个地方,免不了要想起那几棵牡丹树,自然也会说起我四爷挖牡丹的事。其实,族内比我小的人都不记得那几棵牡丹,我也只有隐约印象。

但是,整个家族比我年长的人还有不少,除了迁至他处的族人,差不多还有五六十户族人分散居住在两个行政村的三个村庄里。我爷爷辈还有好几位在世,甚至我父亲的一个爷爷也还在世。回老家时,隔几年,我都会专程去拜访这位老太爷。胡子头发没一根是黑的了,白白的,像雪,顶在头上。

他还没这么老的时候,他是认得我的,也能叫得出我的乳名。可现在见了,他已经认不出我,一见面他就直接问:"你是哪个家的?"我就报自己的乳名,他就"噢"的一声,他还记得我名字,然后叫出来的不是我的名字,而是我父亲的乳名,你是谁谁谁的娃娃。尽管他岁数比我父亲大不了几岁,但他是父亲的爷爷,无论我父亲有多老,在他眼里就是亲族的孙子。

这样算下来,从我这一辈往下已有三辈儿孙,之上也还有三辈人。我们家族这一茬人在此地的时间也就170年左右,总共八九代人,竟有六代人尚在世上,堪称大观。

修佛堂的事,老人们比年轻人更积极,虽然出不了力,但都会天天来参与指挥尽尽心。只要有人提起以前的那些往事,他们心里都有一本账,就会蹲在那里耐着性子唠叨。即使你不想听那些事也难,那唠叨会不断地重复——老人们会在一会儿工夫把同一句话说上好几遍。很多事情就是因为老人们一遍遍地重复和唠叨才被一代代人记住的。对一个没有文字记载的村庄或部族,这就是他们的历史。

如果时间足够漫长,早先的记忆会日渐模糊,继而忘却,消失在岁月里,却有新的记忆不断得以补充,因而无论过去多久,从任何一个时间点回头望去,记忆中的历史都像从前一样漫长悠远。也许这就是人类口述史的意义和价值所在。

听族内的老人说,我四爷那几年有事没事都会在以前祖宅的房前屋后到处乱挖,就挖掉了那几棵牡丹。据说,他也找到过一些银子。有的是费心找到的,有些是碰巧找到的,也有些他找了一辈子也没找到。

一次,生产队里的一群人正在平整一个场院,以扩大打麦场。快到中午了,挖着挖着,像是挖到个什么东西了,有人喊了一声,这里好像有东西。别人都没在意,我四爷却听出了意思。他立刻建议马上休息去吃中午饭,大伙都积极响应。生产队的活总也干不完,谁也不着急。吃完饭回去时,我四爷在那里。大伙都发现,那个地方已经被人挖过了,而且,挖出了一个类似瓷坛一样的器物,因为那新挖的土坑里留有器物的形状。大家都歪过头看着我四爷。我四爷镇定地说,里面有块石头,我挖出来抬回家当个什么用。

我叔说,四爷没有找到的那些银子,有些还是他自己埋的,还做过记号。我叔幼时也曾出家为僧,僧名拉吉,在寺院里就住在我四爷跟前。一来,一家人不可能在同一座寺院盖两院房子,让一大一小两个人分开住;二来,让我叔住在四爷跟前是好让他听他叔使唤,互相也有个照应。所以,族人不知道的事,我叔似乎都非常清楚,这也是他叔侄俩一辈子磕磕碰碰的根由。

我叔告诉我,兵荒马乱的时候,他还小,家里把一些银子悄悄拿到寺院里,让他叔侄俩保管。我叔虽然也知道那是银子,但并不太清楚银子的贵重。有时候,我四爷会拿一个元宝什么的把玩,我叔就问他叔,这是啥东西?我四爷就严厉地告诫他,这不是啥好东西,小孩子最好别问,更不要随便乱动。我叔记住他叔的告诫了,便从来不碰那东西。后来风声紧,我四爷把那些东西都埋在寺院附近的一些大树下了。还用石头做了一些记号。我叔只记得有这事,但因为他叔的告诫,他也就不闻不问。

宗教改革以后,那座寺院曾一度废弃,他们也都还俗回了家。后来,寺院虽曾一度恢复,但终究没能恢复起来,个别老僧人成了留守人员,再后来整个寺院都合并到嘎玛隆寺院了。寺院周围的一些树也被砍伐,原来不长草的地方长满了荒草,原来长草的有些地方却一棵草也不长了。整个寺滩面目全非,我四爷费尽心思也没找到那些埋银子的地方。有人看见过,很多次,他都在那寺滩里,蹲在一个地方,寻思着什么。

我叔每次回忆起这些时,都是一副幸灾乐祸的样子。

有关我四爷与银子的故事,最精彩的一部分还是他儿子、我堂叔自己讲给我听的，还不止一次，至少有一次在场的也不止我一个，我那几个弟弟都听到了。当时，我们一个个都笑得前仰后合。我们越笑，堂叔讲得越起劲，像是讲笑话，根本不像是在讲自己的老父亲。

据我堂叔的讲述，我四爷在自己家里也埋了一些银子。有多少不好说，有却是肯定的。堂叔记得他小时候，有一年我四爷把家里院子挖得像个迷宫，战壕一样的地道纵横交错，再填埋，平好。之后，只要一有闲暇，我四爷就会蹲在靠大门口的院墙根儿里盯着一个地方看，看着看着，他会把自己给看乐了，美滋滋的。堂叔不知道老父亲为何而乐，但这些场景细节却牢牢刻在脑海里了。

过了很久，他才想到，自家院子里可能埋着银子。而且，四爷临死之前给他做的那个手势，更加确定了他的猜测。不幸的是，那个手势却成了一个谜，无论我堂叔怎么费心思都无法自行破解这道谜题。

有几年他过得非常艰难，便一门心思想在自家院子里挖出一堆银子来。于是，他也学四爷在自己家里挖地道，碰巧有人撞见，他就说打墙什么的要挖地基，别人当然会信了。你想，要不是打墙什么的，谁还会把自己家好好的院子翻个底朝天呢？可是，他就是找不到银子，很多次，他都想过，传说，金银之类的宝物会自己移动，不想让人找到。村里老几辈的人说，他们有时候看见，村后面山上有一头黄金的老母猪领着一群黄金的小猪崽满山乱跑，说那就是山里面的金子，随处游走，不想让你找到。堂叔就想，莫非，自己家的银子也移动了，连自己家的人也不让找到了？

据堂叔自己讲，我四爷原本是要明白告诉他银子的事的，只是要等到咽最后一口气之前才说。因为万一说早了，而自己又没死成，活了过来，那说不定会引发父子之间的猜疑和矛盾。我觉得，这话也是有道理的。人为财死鸟为食亡，这话也不是没有道理。

一天下午，我四爷可能感觉自己已经回天无望了，便赶紧把我堂叔叫到跟前，让他靠近点坐着。堂叔感觉生命中一个重要的时刻就这么来临了，血都直往脑门上涌，激动得不知道该怎么坐着，才能让自己的老父亲说出最后的这句话。因为事发突然，太仓促了，他没有丝毫准备，甚至连大门都没来得及关上，敞开着。他甚至预感到这个时候没把门关好非常不妥，可他总不能给老父亲说，你老别急，我先去关了门。说真的，其实他比老父亲更为急切。慌乱中，他甚至用了几秒钟的时间想过，如果时间稍微宽容一点，他恨不得先举行一个听候吩咐的盛大仪式。可是时不我待，一切都在那一刻里定格。定格在四爷那已经张开的嘴上。

堂叔说，我四爷已经张开嘴要说话了，可就在这时，见院门大开着，村里一个人直接闯进来，说是来看望我四爷的。早不来晚不来，就在我四爷刚张开嘴要说话的时候进来了。我四爷就一直张着嘴，等着那个人快点走。可那人不知道，我四爷张着嘴是要说什么，还在旁边瞎掺和，问你嘴干吗？

你要什么吗？我四爷一生气，眼睛往上一翻，气就上不来了。说话已经不可能了，用最后一点力气，举起一只手，伸出四根手指头，在我堂叔的眼前，用力晃了一下，便归天了。

随后的好几年里，我堂叔一直在努力破解这四根手指头的谜。他一遍遍地自言自语：是四个墙角，还是第四根柱子？是第四堵墙，还是从哪儿走四步的距离？是掘地四尺，还是四米？……他把家门以内，凡是与四这个数字有关的地方，都挖翻了天，也没见到半两银子。

最后，实在没辙了，他这才想起自己还有个大侄子在城里当记者呢，到处乱跑去采访，说不定会有办法帮他找到银子。一次回家时，堂叔就神秘兮兮地问我，认不认识找矿的人？我很纳闷儿，反问他，你要去开矿啊？

他被我给逗乐了，哈哈大笑。完了，才告诉我上面的这些事。他听人说，找矿的人手里有一种仪器，像个平头的铁锹一样，上面装有磁铁之类的感应器，举着它在地面上密密扫过去，如果哪个地方下面有金属，它就会有感应，人就会发现。

我们附近村庄里一个有名的穷汉，不知从哪儿找来了那样一个仪器，找到过很多别人家埋的银子，成了有钱人家。据村里人传说，他走到任何一个地方，都会细心留意那个地方，有时候就能看出些名堂来。邻村以前出过好几位大财主，有钱有势。这个人有事没事就到这财主家的祖坟里转悠。

一年夏天，在那坟地里转悠时，他注意到坟地大部分地方都不长马莲，但在一个地方却独独地长了一片马莲。不仅如此，那马莲长得非同一般，不管是从左往右，还是从上到下，那一片马莲都长成了一个特别的图案。他觉得这马莲肯定不是自己长成这图案的，一定是人为的，地下一定有名堂。趁夜深人静悄悄跑去将坟地挖开，果然，下面埋着很多金银财宝……

这事儿也是堂叔讲给我的，他也想像那个人一样找到银子，而且是自己家里的银子。还一再向我保证，他绝不会拿着仪器去挖别人家的祖坟。

叔交代的事，当然得当一回事儿，回城以后，我就托地矿部门认识的人打听，还真有这样的仪器。不过，最后又说，因为那东西有核辐射，有害于人体健康，后来都严令禁止使用了，以前有的也已经永久封存，拿不出来了。再次回去时，我就把这事告诉了我堂叔，他一脸绝望。

那一刻，我真想帮他找到那些银子。即使找到一堆废铁也好，这样他再也不会眼巴巴地指望自家院子地下能挖出银子了。会心安。

4月14日　　晴

　　到今天，休假已整整一个月了，再有几天假期就要结束了，我也得回单位了。
　　也就是说，老宅北面的这几间房子也差不多建了一个月，已有大致的轮廓和模样。虽然，离最后完工还有一段时间，但是，在假期结束之前，包括房屋、卫生间、大门以及外围环境整治的主体工程也可基本结束。像以前每次离开家时一样，我至少可以锁好门，放心地离开了。
　　剩下的活儿，只有等我再次有闲暇的时候再接着干了，也许是一两个月之后，也许会更久。对未来的事，我越来越不敢肯定。其实，别说是几年、几个月，几天之后会怎么样？也是说不准的事。
　　以老家老人们的话说，后面的路是黑的。这黑，并不是指路的颜色，而是指它的不确定，不明朗，不清楚。有太多的变数在前面等着我们，正式抵达之前，谁都无法预料。除非，你有未卜先知的本领，或者你就是先知。

以我自己的经历，年轻的时候，原本当下就能做完的事总想往后推。事实证明，这一推，也许就彻底推过去了。如今，不再年轻了，总觉得时间不够用，原本可以放一放、缓一缓的事，又总想往前赶。心想，这样往后的日子就可以消停些了。这就像一个加速度的惯性力，速度越快，力量也越大，使你总也停不下来，总有忙不完的事。所以，才不断地激发我们的才智，并把它转化成持续的创造力，积累物质和精神的财富。就每个人而言，都有想把有限的生命变成无限财富的欲望。

所以，放下并不是一件容易的事。说说容易，真正做到很难。我盖房子也是一种放不下，放不下这座宅院，放不下这里的先人和自己的故土。人活在世上总有放不下的事，尤其是随着年龄的增长，放不下的事不是少了，而是多了。

总想把一辈子的事都赶快干完，可是临了，也许我们才会发现，人生苦短，而未尽的事没有尽头。这就是人生，一代代人都为此活着。甚至可以说，这就是人类社会赖以繁衍的基本形态。其实，没人逼迫我们，我们为自己所累。这是人的不幸，当然也肯定是推动人类社会向前发展的不竭动力。

4月14日 多云 又记

　　一整天,我似乎都在找一把手锯,可怎么也找不到。只好放弃寻找。

　　那是一把我买来修树枝的手锯,在城里我还用它做过书架,已经用了好几年了。我问干活的乡亲,是否见过那把手锯,都说见过,就是想不起在哪儿见过。有好几次,我拿着一把木工们用的截锯,在手里晃了晃,觉得不顺手,也不好使,便放下了。

　　因为找不到锯子,我才站在那棵杏树下,抬头看着那根原打算要锯掉的树枝发呆。于是,看到了树枝上含苞待放的一粒粒紫红色花骨朵,像玛瑙,再三五天,都要开了。心想,在门前有一树杏花也不是一件坏事,又不想锯掉那根树枝了,而是让杏花开放。那么,之前我为什么想锯掉那树枝呢?因为,我一直想着锯树枝的事,而未留意树枝上是否缀满了花骨朵。要不,我怎么也不忍心用一把手锯锯掉一大串花骨朵的。

从那杏树下走开时,我在心里说,要锯,也得过了这个花季吧。

4月15日　　晴

　　下午出去在工地上转悠时，看到蚂蚁了，后来又看到一只蜜蜂也开始嗡嗡叫着，飞来飞去。春天已经来了。
　　回来读爱德华·O·威尔逊的《昆虫的社会》，一本像砖头一样厚的大书。这是一部难读的学术著作，有点枯燥，很难耐着性子一次性读完。我可能拿起来读了几十次，每次也就是随便翻到哪儿，随性读几页甚至几段。有时候，也会专门翻到一个地方读。
　　比如，这一次我读的是第八章《蚂蚁的品级》。简单地说，这一章里威尔逊写的是蚂蚁社会的等级制度。但整章也是读不下来的，这一章有150多页，读完太累了。而这部书总共有22章，几乎每一章文字都这样厚重，有的更长，而且，还穿插各类如同天书的数学公式。

他在这一章里写道,"(蚂蚁的)品级在进化过程中以各种各样的、显著的方式形成。演化而来的蚂蚁后裔有时与它们的祖先类型大不相同,如体形硕大、外观古怪的蚁后。中型蚂蚁有时与基本雌性品级有联系,比如说界于工蚁与蚁后之间的无翅工雌蚁和界于大型蚂蚁与小型蚂蚁之间的中间型。此外,生活在蚁穴或蚂蚁体内的寄生虫也能够使各种品级的个体为变成典型的病态型,从而使之失去昆虫社会的功能性作用。"

对我这样的读者来说,阅读这样的学术著作还是有很大的困难,所以,我一般还是更愿意选择相对轻松的科普类读物,一些杰出科普作家的书可以作为经典文学作品来欣赏。在所有涉及昆虫类的作品中,我还是更喜欢刘易斯·托马斯和让·亚瑟·热尔曼的作品,优雅风趣的文字使阅读变得轻松愉快,那是一种精神享受。

而要读《昆虫的社会》这样的著作,你得做好受煎熬的准备。但一个真正的读者肯定不应该只选择轻松愉悦的读物,很多时候,也得读一点有难度的书,甚至根本读不懂的书。这样,你才会知道自己是多么的无知。

有关《昆虫的社会》的价值,《科学美国人》杂志这样评价道:"在过去的 20 年里(注:这本书的原版最早出版于 20 世纪 70 年代初的美国,王一民等的汉译本于 2007 年由重庆出版社出版),没有一部生物学方面的著作像这本书,书中关于蚂蚁、蜜蜂、黄蜂和白蚁等昆虫的论述是那样令人满意。

这本书的语言清晰、生动,但它的与众不同之处却在于它对生物学知识的广泛运用,从古生物学到形式遗传学,从动物行为学到生物化学。对全世界的社会学同仁来说,它提供了一个恰当的基准,而作者恰好具有达成这个基准的勇气和精力,生物学是一门完整的科学,从这部著作就可以看出它非常真实又非常丰富,足以使我们被它的智慧魅力所折服……"

这样一部了不起的著作,你怎么会不去读呢?但是,我读这样的一些著作,目的还不在于去发现作者文字表述的"智慧魅力",而在于去发现生命本身所具备的"智慧魅力",包括蚂蚁和蜜蜂的生存智慧。当然,要精确发现这样的"智慧魅力",最理想的读物不是文字著作,而是大地。最好是找到一个理想之所,然后俯下身子,眼睛紧紧地盯着它们在大地上的一举一动,并对它们的生存状态做出精确的判断。如果你恰好是一个作家,当然也可以做出精彩的描述和表达。

在我看来,所有的动物都有属于自己的社会形态,而在我有所知的所有动物中,蚂蚁和蜜蜂是两种社会化程度最高的动物,它们的社会组织结构甚至远高于人类。如果大家留意过蚁穴和蜂巢,就会明白我的意思。

一个大的蚁穴中可能生活着几万只乃至十几万只蚂蚁,一个大的蜂巢之内也至少有成千上万只蜜蜂。你可以把一个独立的蚁穴和蜂巢理解为一个蚂蚁和蜜蜂的部落,或者一个家族。而这样一个庞大的部族,却只占用很小的一点居住空间,几乎是一层层密实地挤在一起的。那空间又设计得那么精巧,没有一丝一毫的浪费。

而且,它们从来不会去侵占多余的土地空间,一个蚁穴如果太过拥挤,住不下了,它们会扩充那个蚁穴。所有的扩建工程都在地下进行,从其外部你看不到它们在大兴土木。唯一的变化是那蚁穴顶部又多了一层新鲜的小土粒儿,而每一粒小土粒儿堆放得又是那么自然,像是它们加工了一堆泥土,让它变得更像泥土了,没有任何杂质和不干净的碎屑垃圾——或者,直接把那些小土粒儿加工成了微型小点心、小糖果的形状,以装点蚂蚁世界的门面和大地。

蚂蚁族群在地面上奔走讨生活,却居住在地下。在建造各自部落的地下宫殿时,产生了一些建筑垃圾,其实也就是多余的泥土,它们都不会随意堆放,而是把它加工成了好看的样子,堆放在自己宫殿的顶上当穹顶。那是在把泥土顶在头上,是对泥土的顶礼和感恩。

在这个世界上,除了蚂蚁和同样居住在地下的虫子,没有一种生物愿意把泥土堆在自己头顶上,人类死亡之后,才会埋到泥土里。唯虫子如此,蚂蚁却做到了极致。

蜜蜂也一样。天然生长的蜜蜂的蜂巢也是如此,如果能在一个蜂巢里生活,它们一般也不会分出新的蜂群去单独生活。人工养殖蜜蜂后,为了产出更多蜂蜜,才不断增加蜂箱,让一群蜜蜂不停地衍生出新的蜂群,以加速它们的繁殖。

一只蜜蜂的居室只够让它进出,还不能转身,顺着进去,就得退着出来。而它的上下左右、里里外外都是其他蜜蜂的居室，那些小居室像一只只精巧的小盒子一个挨着一个整齐码放着，中间仅有的缝隙又用蜜和蜂蜡紧紧焊接起来，连一根头发丝都伸不进去。

由蜜蜂想到花朵，更是一个奇妙的连接。没有蜜蜂，花粉的传播就会成为问题，很多开花植物就不会结出种子和果实，进而灭绝。蜜蜂的存在打通了动物与植物间的一个神秘通道。这是一条爱的通道，它使两朵相距甚远的花朵有了亲密接触的可能，雌蕊与雄蕊之间的美好结合才能成为现实。

蜜蜂知道是那些美丽的花朵用甜蜜养育了它们，便把对花朵的感恩变成了情爱的纽带，愿为使者，在万千花朵中播撒。有了这爱，世上所有的花朵也都感受到了甜蜜，酿造出更多的甜蜜，让蜜蜂拍打着一对小翅膀去继续播撒它们爱的结晶。这是爱与甜蜜的奇妙旅程。其精髓在于给予越多回报也越多，生命因此而更加美妙。

相比于蚂蚁和蜜蜂，人类是既不懂得节制也不懂得珍惜的动物。总想自己住得宽敞，总想侵占别人的领地，贪得无厌，永不知足……

4月20日　　阴转晴

因为休假期满，得回单位销假，另外，还有一点别的事，回西宁待了两天，昨天下午又赶回来。老远就发现，前面新开的那段路面已经打好了，就剩门前这段压坏的路了。

从循化定做的木大门也已送达，在门口立着。还完成了一些零碎活。因为天气预报说有雨，大部分干活的人今天放假了，只留了一两个人给立门的匠人打下手。福来他们定好要今天把门立上，说是日子好。可没有七八个人，那大门是挪不动的，昨晚临睡前，福来又打电话通知了七八个人，说早上还得来一下，把门立起来。

早上6点，他们都到了，我也赶紧起来。与立房子一样，也不能空着肚子，都喝了一口茶，吃了一口馍馍，开始立门。因为，有一个人来晚了一点，抬门的队列里少了一个人，我也站进去，把抬杠放在肩膀上。八个人扛着一座大门框移动，着实很沉。幸亏挪动的距离不远，否则，我肯定是吃不消的。尽管如此，毕竟不复杂，立起来，再把方向基本调整到位，即可。

好在门前那棵当照树用的老榆树还在——有好几次，我和福来都已决定要把它放了——我老家说伐木，不说伐，说放——也不知为什么，最终也没有砍掉。有了这个参照物，方向也不难调。也许是受了汉文化风水学的影响，我们老家一带的乡村，但凡选宅基地或开大门都要选一个方向，讲究后有靠山、前有照山。

总之，大门不能正对着沟口和豁口，也不能对着峭壁悬崖，如稍有不足或欠缺，必得有所弥补，尤其是后靠与前照的不足是务必要弥补的，比如打上照壁或栽植照树。我家老宅门前不仅有照树，远处也有照山。

只是父亲母亲都不在了之后，我和几个妹妹也只知道个大概，对具体细节和方位的精准度更是不甚明了。遇到这样的事，他们都来问我，我也不敢擅自做主，又征求妹妹们的意见。最后，也没个准主意，只好折中，照树和照山都要，让门对着那个方向，这样从院里看出去，门就不正了，有点歪。但这是讲究，没办法，只能让它歪着。

门立起来了，可预报中的雨一直没有下下来。几个人坐在屋里一边吃早饭，一边猜测砌大门两侧青砖柱子的匠人会不会来？正说着，两个匠人已走进院中。他们有专门调方向精准度的仪器和线坠，一个人拿测水平的仪器，一个人吊着线坠,把线放在鼻尖上眯着一只眼睛一遍遍仔细校准。

当然,在场的其余人就得配合他们,前后左右,不停地挪动门框……门框终于就位,两个匠人开始砌青砖。福来带着一两个人在旁边一道土台底下打地基,而我却把几棵没栽好的树重新选地方栽好了。还栽了四棵牡丹,都是去年自己在花园里育的苗,因为花园维修一新,边缘空出了一些地方,正好可以种上花草。

大门上的青砖是福来去选定的,砌青砖的匠人也是他请来的,说这两个人的活干得好,手艺也不错。一天下来,随着一块块青砖贴着门框升起来,所有人都看得出来,那活做得确实细致讲究。到晚上收工时,两边的青砖柱都只砌了半截,一边高,一边低。说是砌完了还要打磨,其中柱顶"锤头"部分是要边砌边打磨。砌砖柱还要打磨,我还是第一次经历。

到天黑了,预报的雨也没有下下来。我突然想起,今天是谷雨。可是,今天没雨,非但没下,到中午时,天就放晴了。因为昨夜下过雨的缘故,天很蓝,几朵白云又渲染了一下,更蓝了。我回西宁时,杏花似乎还没完全开,只两三天时间,杏花竟全开了,碧桃也全开了,李子花也全开了。从树底下经过,一抬头,蓝天白云间全是花朵,一派纯净绚烂,令人迷醉。

4月20日　阴转小雨　又记

噢，今天还读了一会儿卡夫卡的书。

是因为想到那些虫纹才翻出来读的，我想再读一遍《变形记》。这部作品，我应该读过不止一次，但情节还是记不住。我只记得那只甲虫。

记得我有一本很旧的《变形记》单行本，但没找到，找到的是人民文学出版社2015年新出的《卡夫卡中短篇小说全集》。在重读《变形记》之前，我随手把这本书全部翻了一遍。发现收入其中的很多短篇小说，不像是小说，因为它太短了，最短的只有一二百字，像《凭窗闲眺》，尚不足150字，杨劲的译文。细读之，更像是一部小说的开头，一个片段。然文字考究，是卡夫卡式的考究，或许只是卡夫卡作品译成汉语时的考究。便全文抄在笔记本上：

在这些匆匆来到的春日里,我们做什么呢?今天清早,天气灰蒙蒙的,但是,现在走到窗前,就会大吃一惊,把脸颊贴在窗户的把手上。

窗户下面,显然已在下沉的太阳的光辉照在纯真的女孩脸上,她一边走,一边左顾右盼;还看见后面的男人的影子,他从她身后匆匆走来。

接着,男人走了过去,女孩脸上无比明亮。

这就完了。整篇小说。

最后才翻到《变形记》,开始读:一天清晨,格雷戈尔·萨姆沙从一串不安的梦中醒来时,发现自己在床上变成了一只硕大的虫子。他朝天仰卧,背如坚甲,稍一抬头就见到自己隆起的褐色腹部分成一块块弧形硬片,裤子快要盖不住肚子的顶部,眼看就要滑下来了。他那许多与身躯比起来细弱得可怜的腿正在他眼前无助地颤动着。

刚读完开头这一段,外面就有人喊,便扔在一旁,改天再读吧。也说不定又不读了,以后的事情谁又能说得准呢?尤其我这种有一下没一下的人……好在,我已经看到卡夫卡的格雷戈尔·萨姆沙已经变成一只甲虫了,这就够了。这下,我至少会把这个名字又能记住一阵子了。

而且,我还记住另一短篇的开头,好像在问我:是啊,在这些匆匆来到的春日里,我们做什么呢?

4月21日　　晴

狱 友

　　我大学毕业分到青海日报社工作，去报社人事处报到时，我说，因为自己学的是汉语言文学，希望能去文艺部效力，因为那里有文学副刊"江河源"。但是，他们看了看档案说，既然你是藏族，最好还是去藏文编译室——对外称青海藏文报，是新中国成立后国内创刊最早的藏文报纸。并言，那里人才济济，工作环境宽松，是全报社学历层次最高的一个部门。我又说，自己并不懂藏文，怕干不好。他们又说，你不用懂藏文，那里有专门的翻译，会把你写的汉字翻译成藏文。听上去，像是我还配有专门翻译的感觉。

　　便欣然前往，一到那儿，是曹凌云先生接待了我，一个和蔼可亲的前辈，他给我安排了办公室和宿舍，印象还真不错。可是过了很长时间，我才发现，人事处那几位忽悠我的人原来都是从藏文报出去的,便觉得好笑。不过,我还是喜欢那个地方,尤其是那里的那些人。一直到今天,我都很怀念在藏文报的那些日子。

我要说的还不是这些,而是后来发生的两次令我终生难以忘怀的事情,堪称奇遇。且都与我的祖辈有关,仿佛因为自己到报社工作,自己的人生轨迹一下子与自己的祖辈交织在一起。好像《青海日报》是一个命中注定的交叉点,通过这个交叉点,我与自己祖辈的命运在这里又有了新的交集。这听上去不可思议,可它的确发生了。

我的第一张办公桌在一个很大的办公室里,里面一共有六个人办公,我那张桌子在门口朝里的位置,因而身后是一片空地,进出都很方便。那是一张漆成黑红色的老式办公桌,在当时算得上是大号的办公桌了。当然,已经很久了,旧得上面的漆已经斑驳,擦桌子时,经常会掉下一片漆皮来。

跟所有前辈打过招呼,坐下之前,我当然得先擦拭一番。落座之后,我当然也得先检查一下抽屉里有没有别人的东西——抽屉当然都是没上锁的。拉开的好几个抽屉都是空的,但左侧的两个抽屉里却有东西,那是厚厚两大叠信封,以为是私人信件。便大惊小怪地询问,对面坐的是石怀呈老先生,他告诉我,坐这里的人已经退休了,那都是通信员寄稿件的信封,里面都是空的,扔了即可。

我当然会扔了那些空信封,但在扔到垃圾桶之前,我还是留意了一下信封上收件人的名字,几乎所有的信封上都写着同样的几个汉字：何自强收。我太熟悉"何自强"这三个字了，但我一时还不确定，这个"何自强"是否就是那个"何自强"。我几乎已经忍耐不住了，但我还是强忍了好一阵子。

而后，才婉转地问石怀呈先生：这个叫何自强的人在这里工作过吗？当然是了。隔了一会儿，我又婉转地问：这个人是青海当地人吗？得到的回答是：陕西人。那就错不了，一定是此人。一个与我三爷在同一座监狱服刑几十年的狱友。

我之所以记得这个名字，是因为那一年高考前夕，三爷写信给我，说他已经托一个在青海日报社工作的老朋友给我找了些复习资料。并告诉我这个人以前是他的狱友，名叫何自强，人好，且可靠。不久之后，我还真收到过一些复习资料。

这些事，我并未给石怀呈先生说。当时，我只问了下，他还在不在西宁，住什么地方。后来的交往中我才得知，石怀呈先生是青海日报社历史上杰出的科技新闻记者，虽然性格内向木讷，但是我给很多人都讲过，从他之后，青海日报社再也没出过像他那么出色的科技新闻记者，他写青藏高原昆虫学家的那些报道堪称巅峰之作，迄今没人超越。只可惜，没人记得那些报道了。我一直记得，他讲述那些有翅目昆虫——蝴蝶的趣事。还记住了青海的第一位中科院院士——是一位研究蝴蝶的科学家，他就是著名昆虫学家印象初先生。

当晚，我就去拜访何自强先生。自我通报了姓名之后，他说，他就是我三爷说的那个何自强。之后，在他家里说了很多话。时隔多年,有些话已经记不得了,记得的只有一句话,他用浓重的陕西口音告诫我:我和你爷都是从那样的艰苦环境下活过来的人,你有这样的工作环境不易,要好好珍惜啊!此后,偶尔在路边遇见,我都以孙辈之礼问候。

后来,听说他也是《青海日报》最初的创办人之一。还听到一段故事——据说《民主与法治》杂志发的一篇报告文学写过何自强的传奇故事。里面有这样一个细节,说何自强原本是要被处决的,都已经拉到刑场了,行刑人员都已经举枪瞄准,准备射击了。突然,前方举起一只手臂高喊:"我还有一句话没有交代!"别的犯人都当场毙命,而他又被拉了回来。其实,他也没什么话要交代,那都是灵机一动的反应,是求生欲望的表现,可因此,他就活下来了。

从职业角度讲,几十年之后,我却以孙子辈的身份与我三爷的一个狱友成了隔辈的同事,便以为是奇缘。

而奇缘还不止于此。两年之后,我被调去编报室(后来改为出版部)工作,青海省监狱系统办着两份内部报纸,都是周报,委托《青海日报》编报室主办。一份叫《青海监狱工作报》,是办给管教干部看的;一份叫《青海新生报》,是办给所有服刑人员看的。我去这里当记者和编辑,负责两三个版的采编任务,在那儿待了一年。

跟藏文报一样,也在一间大办公室里,但里面办公的人却没有那么多,加上我也只有四个人。最里面坐的是韩起彪先生,时任编报室副主任兼监狱系统两份内报的总编辑。他对面是王捷先生，是《青海日报》最年轻的创刊人，他从陕西来青海时还是个未成年的孩子——记得老一辈报人老拿他开玩笑说，当初从延安来了一卡车人办《青海日报》，有二十八个半人，他就是那半个。靠门这面墙根里是我，我对面还有一位老先生，老韩介绍说："这位是闫洪文老师。"

乍一听"闫洪文"三个字，我心头一惊，转念一想，不会那么巧的——那也太巧了吧，不会的，不一定是同一个人，就放下了。后来，回老家时，我大姑爷白中魁老先生特意说道："青海日报社里有我一个狱友，叫'闫洪文'。"我让他把这三个字写给我，的确是同名同姓，这下一定是错不了的，找机会再跟闫老聊聊我姑爷的事，以续前缘。

闫老乃上海人，为中国新闻学院（人大新闻系前身）首届毕业生——厉害吧，也是《青海日报》最早的老报人之一，后来，我见识过中国新闻学院首届学员的风采。因为面对面坐着，他或我的一举一动都逃不过对面的那一双眼睛。

他曾给我讲过，当年在中国新闻学院，他感受最深的一点是采访记忆的训练。说学员实习采访时，虽然也带笔和本，但老师要求尽量不要用笔去记，而是专心于交谈和观察，用心记，采访结束了，如果还有什么疑问，再用笔简单记一下。回来写稿也尽量不看采访本，而是凭记忆成稿，写完了，如果一些关键的地方，比如地点、人名、数字什么的，还拿不准，再看采访本核对。

我当了一辈子记者，虽然，从业后偶尔也听过几堂新闻传播学的专业课，但可以毫不夸张地说，这是我唯一听后非常管用的新闻课。就几句话，却获益终身。

不久之后，他又给我上了一课。我发现，无论写多长的稿子，他都是一遍而过，从来不打草稿。所以，动笔前要认真想想，写作过程中也尽量避免差错，免得卷面不干净。他每写完一页都会撕下来，翻过，扣在前面，而后一页一页都扣着往上摞，写完最后一个字，再把所有写好的稿纸拿起来，对整齐，拿别针别好，再翻开来，仔细校订，完了，再过一遍，就好了。看得我目瞪口呆。那之前，哪怕写个几百字的简讯，我也会打草稿的，完了修改，再誊写，太麻烦了。好文章是改出来的，写作课老师就是这么教的。

从那之后，我也开始学着他的样子写稿，开始先从篇幅短小的稿件练习，慢慢的，只要用心，长稿也能写下来了。再后来，所有能在纸上完成的新闻稿，我也能一次成稿了。省了不少力气，这全得益于闫老的言传身教。

过了些日子，我终于等到一个机会，办公室里就我俩在，他心情不错，主动跟我说了不少话。我趁机小心询问："闫老，我有个姑爷，叫白中魁，说是认识你。你有印象吗……"我还没敢说是哪座监狱的狱友，但是，还没等我说完，闫老就一边摇头一边打断我的话："没有的事，没有的事。"

他平时也会忍不住摇头，好像是一种习惯性毛病，这下头摇得越发厉害了。上海人的口音似乎也加重了许多。不用证实，闫老在说谎。他的一举一动暴露了他内心的慌乱。他可能觉得那是一段不光彩的历史，再也不想提起了，更不想让别人提起。从那以后，我再也没提过这事。我姑爷知道这事后，呵呵笑道："这倔老头就这脾气，改不了的。"

后来，我听一些老报人讲，闫洪文平反释放，从狱中出来时，档案里竟然没有一个字。也就是说，这个人为什么进监狱，毫无凭证，却无缘无故地在狱中度过了大半生。入狱前，闫老尚不曾娶妻成家，出狱后已是年近花甲的人了。得成个家过日子，城里年轻漂亮的女人肯定是娶不上了，就从四川农村娶一女子，做老伴儿。老伴儿过门前曾有婚史，生有子女。

闫老还想有个自己的孩子，年近花甲得一女儿，闫老欢喜得不得了。可那会儿，早已实行计划生育政策了。女儿刚一出生，就超生罚款。细节，我没敢打听，但这事儿假不了。闫老觉得冤枉，也委屈。他是我祖辈的人，要不是不明不白地被捕入狱，生上十个八个孩子也不会超生的，可他只生了一个，就超生了。

后来，我离开编报室去记者站工作了，一年四季往农村牧区跑，见面的次数也越来越少了。过了几年，一次采访回来时听到闫洪文先生离世的消息。一打听，他走得还非常凄惨。

那天，他去六楼办事，完了出来看见电梯门开着，想也没想一下，电梯门为什么要开着，低着头一门心思往电梯里走。电梯正在维修，没有标识，门却开着。他就从六楼掉了下去……人就不在了。

那时，我姑爷还在世。他是我在这世上最敬重的人之一，每次回去，都会去见一面的。一次回去见了，姑爷突然问道："闫洪文是不是去世了？"我当时也没多想，随口道："是啊，你是怎么知道的？"说完，才感到有点惊奇，是啊，他是怎么知道的。姑爷呵呵笑了笑道："我猜的。"

因为是姑爷，我也不好追问究竟。后来，我猜想，他说不定梦见闫老了，闫老自己到他梦里告诉他了，也或者他自己算出来的——他会算，我是知道的，什么麻衣相术、推背图、周易八卦都有所涉略，算得准不准，却并不太清楚。都已成往事，不去管它了。

可这两个人在我人生记忆里留下的一个疑问却总也抹不去。他们原本是祖辈的人，也跟我祖辈有过那样一段共同的经历，而最后，却又跟我的人生轨迹有所交叉，是一件蹊跷的事。

4月22日　　晴

小白狗

　　发现我家附近有一条小白狗应该有好几年了吧，也许更久一些。总之，它就住在附近，因为每次回老家我都会见到它。
　　除了藏獒、藏狗、哈巴狗、西藏牧羊犬和德国狼狗，我对别的品种的狗没有多少感性认识。这条小白狗的个头与哈巴狗差不多，毛似乎比哈巴狗长一些，也许它就是一条哈巴狗。只是我以前见过的哈巴狗都是黑色的，便也一直想当然地认为哈巴狗都是黑色的。所以，从见到它的那一刻起，我也想当然地认为这是一条别的品种的狗，是从别处移民到我们村里的。
　　我一直不知道它是谁家的狗，也从未问过谁是它的主人。其实，有好几次我都想问来着，因为在村里瞎转悠的一群小狗当中，它是唯一让我感觉可爱的一条狗，也许是整个村庄独一无二的一条小狗。可为什么又没问呢？主要是自己觉得这是一个愚蠢的问题，我从未听见一个村里人问过这样的问题——他们也肯定认为这是一个愚蠢的问题。

当然，也有一种可能，所有在村庄里发生过的事，每一个村里人都非常清楚。别说是整个村庄独一无二的一条小狗，哪怕是一只鸡或一只羊、一头猪在巷道里溜达，所有人都会认出那是谁家的。

而我尽管偶尔也会回到村庄里住上几日，也算是土生土长的村里人，可毕竟不在村里的日子更多一些。别说是狗，不少年轻人，也只知道是本村本庄的，却分不清是谁家的后生。通常情况下，在村里遇见不认识的年轻人，彼此也会打招呼，像是很熟悉的样子。可擦肩而过之后，一般我又会问另一个人，刚才那是谁家的？觉得这样打问一个人没什么，而如果用同样的方式去打问一条狗，似乎不妥，至于有何不妥，我也说不明白。

不过，从这条小白狗频繁出现在眼前的情形判断，它的主人很可能是左邻右舍，甚至是我的某个族人，因为，左邻右舍大多是一个家族里的。有时候，它独自在附近转悠；有时候，却与好几个同伴在一起嬉闹。很多次看到它时，都在我家的花园里，一看到我，它就会穿过树篱跑远。

可是，几天前，我发现它死在不远处的一道田埂上，像是意外身亡。这时，我想起来了，前一天我还见过它，它应该是这一天之内才死的。于是，顿生怜悯，想找个地方埋葬了。

一来，这也是一条生命；二来，天气越来越热，这样放着也不卫生。

可事发突然，我又没有任何准备，比如扛把铁锨什么的，无法即刻着手，只好先记下这事儿，回头再来埋葬。可是，一回到家也不知又有什么事给耽搁了，没顾上。其间，虽然也曾想起过，但是，一转身又忘了。直到两天前，我再次路过那里时，却发现小白狗的尸体不见了。心想，一定是有人先我一步将它埋了，便在心里说，好人还是多啊，心里这才踏实。

今天上午，我再次路过那里，又多走了几道田埂，去看我种的一片林子。快走到林地时，在一道田埂下，我又看到它的尸体。一定是有人看到它死在村子跟前，觉得臭，不干净，把它弄到远一点的地方了，这叫眼不见心不烦。这次，我没有再耽搁，即刻回家，拿了把铁锨，就去那个地方，埋葬那条小白狗。

我得记住，在一个百花盛开的季节，我埋葬过一个早已经死去的生命。

4 月 22 日　　多云转晴　　又记

　　或许，一个人与自己祖辈之间的关系并不像我们所知道的那么简单。
　　听说，我出生的前一天晚上，我爷爷做过一个梦，梦见他父亲回家来了，肩上还背着一个大包袱。父亲离开已经很久了，终于回来了。在梦里，我爷爷还想，我去找过你，没找到，差点自己都回不来了。这下好了，你回来了。
　　便赶紧跑过去，从他肩上接过包袱，感觉很沉，随口说，啥东西啊？这么重！他父亲没有告诉他是啥东西，让他自己打开看。他打开了，里面是一摞书。他纳闷儿，抬头看父亲，父亲却不见了，他一急，吓醒了。是一个梦。一想，父亲离开已经一年多了。
　　躺在炕上，我爷爷翻了个身，却再也睡不着，就睁着眼，盯着黑夜，翻来覆去地想自己的老父亲。泪水便流下来，落在枕头上，脸都湿了……我爷爷想，他父亲可能已经投生到别处了，但愿能生在一个干净的世界里。

生在一个干净的世界是我爷爷最大的理想。

第二天晚上，快要睡了，他又想起昨夜的梦，还想今晚再梦见。

这时，一家人正在忙乎一件事，我母亲快要生孩子了。我爷爷耳背，没听到任何动静。以他的威严，在没有确切消息之前，谁也不敢将这样的事给他老人家说。我出生后，他自然也没听到我的哭声。

直到我平安降临，家人看到是一个男丁之后，才跑去跟他老人家说，你有孙子了。听到这消息，我爷爷一高兴，又不想睡了。在炕上坐了很久，便又想起了昨夜的梦。这才给家里人说，他做了这样一个梦。

一家老小都觉得很奇怪，因为我爷爷平时寡言少语，从来不会给别人说他做过一个什么样的梦。见大家一脸疑惑，他这才说，他父亲给他托梦的意思是，他将重新回到这个家里了。刚出生的这个孩子就是他的再世……

因为牵涉到自己的身世，我从不敢打听我爷爷梦中的细节。但从所有老一辈族人的反应看，我爷爷的确做过这样一个梦，还把这个梦告诉了所有的族人。可能是这个缘故，我自小就得到了所有族人格外的恩宠。

小时候，村里人都过得很穷，温饱一直困扰着村里人，我的族人也不例外。在整个村庄，我也许是个例外。我放羊的时候，上下几家轮流给我准备午饭。我上学以后，也是。无论是在山上放羊，还是在学校，你都不是一个人，你身边随时都有一大群人，你过的其实是一种集体生活。每个人都得跟所有身边的人一起分享自己的食物，无法单独享用。

放羊时，一到中午，我们一群孩子，会找一片干净的草地，把所有人带的干粮都拿出来，掰碎了混合着堆在一起，才一小块一小块地拿起来送到嘴里。大部分时间里，我带的干粮都是最好吃的，也正因为如此，我不仅不能只挑自己带的干粮吃，还得有意识地多吃比较难以下咽的干粮……

上学以后，与全班同学一起分享所有的午餐已经不可能了，但你不可能忽略同桌。有几次，到中午时，你带的干粮缺了一大块，好像吃不饱。你自然清楚那是怎么回事儿，不能张扬，只能装作若无其事的样子，任其继续……

很久以后，我才意识到，原来任何美食都比不了分享带给你的快乐。这样的快乐会变成一种持久的滋养，让你懂得感恩——感恩无疑是最深沉的爱。如若不懂得分享的快乐，恩宠则会变成贪婪和自私，恩宠越多，自私越重。

4月23日　　晴

　　已经是夜里11点30分了,有点困,但一些事还得简单记一下。

　　这一整天,大部分时间我都在下面那个花园里弄网围栏。因为机械要进来施工和运送石材等,还要在去年雨季垮塌的土台子上浆、砌石头,去年春上新换的网围栏有三处被拆除,拆除时又有一定的损坏,都需要重新安装。因为大半螺丝等小配件找不到了,得用钢丝代替,我一个人倒腾了一天才把它弄好。不过,整体效果还不错,我甚至觉得比刚装上时还结实,几个地方我还用了一些浆砌石固定围栏。

　　快到中午时,回屋看了一眼手机,发现百花文艺的编辑赵诗欣发了几条微信,说我的自然散文集《草与沙》的选题已经通过,先给我发了一份出版合同样本,征求我的意见。

下午，我抽空粗粗看了一眼，别的都没记住，只记得合同有效期限写的是 10 年。我回复：因为自己已经不年轻了，10 年似乎太长了，可否定在三五年之内？她说，可以改，但是合同期长一些，有利于宣传。于是，我说，您斟酌。因为还牵扯到一些细节问题，而我又牵挂着我的花园，便又回复：我认真看看，再回复。刚才细细看了一遍，想回复，一看时间有点晚了，才作罢。

从微信朋友圈里看到的消息，今天是世界读书日，海燕兄发的微信还是读我《巴颜喀拉的众生》的一段札记，我读过原文，很长，记得有八九千字。微信摘录了一段。我也在微信里谢过。另一条读书日的消息也与我的书有关。建强兄也发来一条微信，说电视台想做一期节目介绍我的新书，也不知是哪一本？谢过之后，我说，往后放一放再说，回去先请他喝茶，他发了一个开心的表情。他是一位优秀的诗人，在这样一个特殊的日子里，也想着我的书，感动。

可就在这样一个日子——世界读书日，我却一页书也没读——这在我的生活中也是少有的，我曾说过，读书和写作是我现在生活的常态，或者就是我的生活。可谓天天都是读书日。

在给赵诗欣回微信时，倒是拿起李汉荣先生的《河流记》瞅了一眼，基本上是拿起又放下。这是前几日百花文艺的鲍伯霞女士寄给我的，她说，想把我的《草与沙》也做成这个样子。《河流记》有一个副标题："大地伦理与河流美学"，非常有意思，我喜欢。除了李汉荣的《河流记》，百花文艺同期还出过鲍尔吉·原野的《没有人在春雨里哭泣》——也是我喜欢的散文作家。

尽管没有统一的标记，但两本书的形态基本一致，放在一起，书籍外观共同的设计元素更加明显，都是我喜欢的样子。鲍伯霞说，这是有意为之，属同一个单元"自然散文"。不过，除去了样式设计元素，在纯粹的文本意义上，对此我并不完全认同。

写下这些文字时，其实，世界读书日已经过去。好在又一个日子开始的时候，我至少也想到过一个与读书有关的话题。不过，对我这种天天都是读书日的人来说，大家都在读书或想着读书的日子里，干点读书以外的事也是情理之中的事。我不会因为一整天在花园里忙乎、没有读书而感到遗憾，或者羞愧。

4月24日　　晴

又一整天在花园里，主要是清理建筑垃圾以及被丢弃的木头、树枝和干枯的杂草。下面花园里的那些树枝和杂草，实在没地方堆放，我索性堆到一起，点一把火，分几次烧了。清理上面花园堆放的那些木头时，我发现有几根是榆木，树皮都还在，但都翘起来了，很容易就剥掉了。剥掉干裂的树皮，裸露的树干上有虫子啃咬的花纹，像前些日子我在木材市场看到的那半截冬果木。便特意拣了出来，单独放起来，我担心福来他们清理时，会不问青红皂白锯成木墩，让我当柴烧。

记得以前有些年村里家家户户总是没柴烧，现在也不知从哪里来的，每家每户都有烧不完的柴火。房前屋后很多树的树枝子，十几年也没人砍。而每次拆旧房盖新房都会拆下来一大堆旧木头，没用，当柴烧又烧不完，只好找个地方堆起来。堆的时间长了，有一些会烂掉，有一些会被虫子啃噬，便会啃咬出好看的花纹来。虽然，现在我还说不上用那些有虫纹的木头能做什么，但是，却舍不得烧掉。先放着吧，说不定哪一天心血来潮想做个什么呢？

回屋休息时，看到赵诗欣的微信，又发了一遍出版合同，我注意到合同期限改成了5年。即刻回复：行。下午收到她的微信说，出版合同等文件已经寄出，书稿已经在看了。于是，又回复：我一回到西宁，签完，尽早寄出。

明天，大门应该好了。宅院又有一座木大门了。曾经是木门，后来换过，也是木门。再后来，换成铁大门了，风一吹，咣当咣当响，我不喜欢，又换回木门了。

以前村子里所有的门都是木门，大多也很简陋，想起来，都很美。现在都换成铁大门了，看着洋气，但很丑，就像一个穿粗布衫的农夫扎了一条领带。我留心在村子里转了转，只发现一两座木大门，而且已经废弃，很多年无人进出了。我还为此拍了图片，发过微信，那是村里仅有的木大门了。我想再去别的村子看看，哪里还有以前的木门，再拍些图片，作为记忆留下来，以后恐怕再也见不到了。

这次，我为老宅选的木门比以前的木门要华丽一些，福来又特意选了青砖灰瓦做门柱和门头，还请来两位专门的工匠砌砖铺瓦。到今天下午收工时，除了里面门头的瓦尚未铺设，别的，就剩下用白灰勾边了。

　　这样，院里的房屋与院门就相配了。虽然，没有老旧的木门那么有味道，但至少又换成木门了。等它老旧了，耐看了，味道也就出来了。

4月24日 多云 又记

门

下午没事，便在村庄里走来走去，从一户一户人家的门前走过，又找到一个旧的木大门。说又找到一个，是因为此前我已经找到过一个，那个木门离我家更近，就在我家的屋后面几十米远的地方。

如果不是修房子，我很少去房后面，直接过不去，得绕一大圈才能到那门口。虽然知道那个门还在，也知道那个木质的宅院大门可能是我们村上现存的木门里时间最久的门，因为那是后面邻居家男主人在世的时候就有的门——记不大清了，说不定他还身强力壮的时候就已经有了。

记得我小时候他们家的门也不是那个样子，应该是重修过的，至于什么时候重修的，换了一个大一点的木门，的确没有印象。他前面的妻子走得早，后面的是续弦，娶的是我一个中学语文老师已离异的姐姐，那一年他58岁。之所以记得这么清楚，是因为当时这件事在村里传开了。他是自己去提亲的，人家自然不好问他几岁，而是问他有多大岁数了，他说自己38岁，隐瞒了20岁。女方家听了说："不是大问题，长得老相而已。"现在，他后面的老伴儿还在，应该80岁上下了。

我记得的是，后院那老汉去世已经有30多年了，去世的时候应该不到70岁。村里人说，那是恶报，死得非常悲惨，没能善终。

据说我祖辈的很多冤狱之苦是其到处煽风点火造成的，他年轻时穿一件皮袄，有人给我说，那原本是我太爷的，鼻梁上那一副石头眼镜也是我太爷的。对这些我也权当是故事，并未切身的感受，更谈不上仇恨。

不过，从我经历过的一些事看，这个人也绝非善类。同门骨肉相残、众叛亲离的事时有发生，好像骨子里就坏透了。祖辈身上有这些恩怨，也非家族内之人，心里也的确少有好感，所以平时也从不走动，因而对后面邻居家新换的木门是啥样子，我丝毫没有印象。

倒是对最初的那个小木门记忆依然清晰，门洞上方带有弧形，像拱门，但门扇边框却是直的，是单扇门。门框也低矮，高个子的人进出须得低头才行。小时候，一群孩子满村庄乱窜，有时候也会窜到他们家门口。门口上首高台底下有土木结构打造的马槽，草泥抹得细。说是马槽，也可以用来喂驴、喂牛。不记得那马槽里拴过什么牲口，只记得，我们曾爬到那马槽里玩儿过。

盖房时，我家后面的院墙被拆除，还放倒了几棵大树，而树又都倒向那门前。我就得组织人手去收拾那些砍倒的树，才到了那门前。不管里面住过的人，单看那木大门，倍感亲切，像是自己曾经的家门。

门头上早年贴上去的一副春联的横批还在，从左往右写的是"春意盎然"几个字。我对春联没有研究，凭感觉，相对于上下联句的讲究，春联对横批倒像是可以随意一些，把"春意盎然"写成"春满人间"或"万象更新"什么的，也无不妥。从这几个字，我猜其上联应该是"天增岁月人增寿"，如是，下联当然就是"春满乾坤福满门"了。

但联句已经不在了，而且肯定是多年前已经不在了，因为，他们不从这门进出也至少有十几年了。从未见过有人会在一个早已废弃不用的门上贴春联。那几个字不难看，也好不到哪儿去。从写法上判断当是一年轻人写的，因为老人写春联时，横批从左往右写的罕见。

因为，此门早已弃之不用，也是一片斑驳。门里面已成一片空地，以前的房子也都不在了，裂开的门缝儿就有点张扬，两面都透着光亮，使整座大门显得通透，岁月就从那门缝里自由穿梭成一派沧桑。门好看，也耐看，使人觉得这就是大门应该有的韵味儿。

2019年

　　以前他们只能从此门进出，上下都有高台挡着，像悬崖，后面以前是他大弟弟的院子，也没路。大弟弟虽然早就不在了，但尚有一子在人世，总不能从人家院子里给自己开一条路吧。西面台子上是老汉二弟的院子，他在世时，弟弟不敢阻拦，他去世后，弟弟就在路口修了一座旱厕，旁边又盖了一间土房，几乎把唯一的出路给切断了。另一面的台子下住的是老汉的长子，倒不至于断其后路，但要从那里绕一圈进出很不方便——村里人说，若果真要从那里绕，说不定也会堵死的。

　　幸好这时，后面那孩子不知去向，从此再无音信。老汉与后来的老伴也生有一子，已经长大成人。因常年不在家，我几乎没有任何印象，但听村里人说，这孩子倒不像他先人，人缘也不错，村里人颇有好感——兴许也好不到哪儿去，只是跟先人比，已经好很多了。善莫大焉，于是人们惊喜。这孩子也常年在外，好像还有点出息。

　　一次他回来，发现自家门口的出路没了，当然会非常生气，吵吵闹闹是免不了的。可临了还得解决问题，结果，他也不跟人商量，直接把自家后面的院墙拆了，与后面他叔的院子连成一片，靠路——他叔原来盖房子的地方要新建一座房子。说一开始，他台子上的亲叔也盯着那块地，便极力反对，还出言不逊，威胁他。这孩子干脆来个不搭理，他亲叔气坏了，找村里人理论，想靠众人的力量来达成自己不可告人的目的，可村里人都站在这孩子这面说话，没一个人替他说话。要说也是数落的话，说连自己的亲侄儿都不放过，还是个人吗？

也许就是这件事,大家都说这孩子"人硬邦"。

当然,这些事我都是听村里人说的,不曾亲历亲见,只是耳闻。按辈分,后院这孩子的亲叔也是我叔,他夫人还是我亲奶奶的堂妹,平日里我也都喊奶奶。老两口,我管男的叫叔,管他老伴却喊奶奶,差了一辈儿。我们管这叫各叫各的。小时候,我们也像亲戚一样走动——本来也是亲戚。后来发生了一些事,疏远了。但路上遇见,我还是恭敬地叫叔、喊奶奶,老两口及一家人见了我也客气亲热,一点也看不出他们会做出那样的事。

后院这孩子的那次举动有点大,算得上是举家后撤。尽管院子是空前的大了,可他自己又常年不着家,留下孤零零一老太太,你让她一个人在那院子里独自操练跑步呢还是要训练家兵呢?很多次,我回家小住,半夜出去小解,发现后面院子里还亮着灯,有动静。感到奇怪,站在树底下看过去,只见老太太一个人呼哧呼哧地也不知在干啥?当时,我就想,这人啊,越孤单的时候越是没办法安静的!全村人都在呼呼大睡,你瞧这老太太,大半夜的睡不着,一个人满院子瞎折腾,跟那空院子过不去。

老太太人不错,加上她弟弟于我有教诲之恩,她也知道这层关系。我母亲在世时,也常到我们家跟母亲诉苦。我母亲也知道她弟弟是自己儿子的老师,从不怠慢,她就开心。母亲走了以后,也不再来走动了。父亲也走了之后,就更没来过,当然,来了,家里也没人。

有几次独自回家时,我看见后院里也没人住了,因为每天晚上,灯都没亮过。去年夏天,我回去小住两日。发现他们家里有人,老太太也在,院子里还停了一辆小汽车。一个穿着时髦的女子领着一孩子在那宽敞的院子里走来走去,像是在郊游。显然是老太太的儿子回来了,还带着孙子或孙女以及漂亮的妻子。这下老太太一定会非常开心的。可我担心的是,这开心的日子会持续多久?说不定老太太比我更担心,看着院子里那辆随时都准备发动着要开走的汽车,她没法不担心。但愿车开走的时候,她也在车上……

就不去想这些了,没用。还是说门的事儿吧,门一直在那里。不管你换成什么样,每个院子的一面墙上都得有个门——是啊,每个院子的墙上都得有个门。这句话使我想起了一个笑话,是用来讽刺一个地方的人过于抠门儿和小气的笑话。那地方在离我们村不是很远的黄河对岸,笑话就传到河这边来了。

说一个人正在街上走,遇见一个多年不见的老朋友,便客气寒暄,亲热得不得了。临别时,他对朋友说,一会儿一定到我们家来坐坐,就在前面不远处。我先回去准备吃的,等你。朋友当然高兴了,问他怎样才能找到你们家呢?他说,你一直往前走,进了前面那个村庄,看房顶上有个烟囱,外墙上有个门的就是我们家。朋友觉得这的确不难找,别过之后,才回过神来,心想谁家的房顶上没有烟囱、外墙上没有个门呢——墙上没有门还怎么进出呀?回过头,想再问问,可是那人早不见踪影了。这下,他才明白过来,那人根本就不想让朋友找到他们家。

我家后面的人家整体后撤盖了新房子之后,他们原先的院子其实已经没有用了。那院墙却是有用的,它至少会挡住冬天满村庄闲逛的猪、牛、羊。所以,门也得保留着。如果单把门拆了,还得把门洞堵上。不费那个事儿了,反正从新盖的房子要看到那门也得费点眼神才行。因为离得远,不知道的人还以为那老旧的院墙和木大门跟他们家毫无关系。

只有本村的人才知道,那是谁家的门。不过,村里人如果不专门跑去看门,从村庄的任何一个方向都看不到那门。我家与那门只隔着一堵墙,几十年间,我也才见过这一次——至于后来又去看过一次,那已是后话了。

以前,村庄里都是木大门,而且大多还不是双扇门,而是单扇。人和牲畜均可进出,要是再大一点的东西从那门里进或者出,都得费点心思。后来,很多人家有架子车了,拉运个粮食什么的,都用架子车,比人扛畜驮先进了,也省力气。但门小,架子车进不去,一些先有架子车而还是旧门的人家,要拉或者推架子车进出时,就得把车身斜过来,门再小点的,就得抬着进出,极不方便。

之后,村里人都开始纷纷重新修门,还是木门,只是改大了一点。改门的尺寸标准就是以架子车的车轴能轻松或勉强通过为最大限度。有点车同轨、村同门的意思。也就是几年时间,村上绝大部分人家的木大门都重新修过一次。个别没有架子车的人家例外。重修以后，很多人家依然是单扇的大门，样子也跟以前没多大区别，唯一的变化是门扇宽大了一些，也就宽出了一尺左右的样子。

后来的很多年里，大门的变化一直不是很大，至少没有全村性的统一行动和变化。要有，也是这一家把单扇大门改成了双扇大门这样的小变化。我们家也一样。

又过了很多年，大约是20世纪80年代中后期，村上有些人家有手扶拖拉机了，当然是个别人家。那当然是很贵重的家当了，是农村迈向机械化的一个主要标志，不能随便放，至少得开进院子里停着才放心，没事儿了瞅一眼，或者就闻闻柴油味儿，心里也舒坦。一些人家又开始以手扶拖拉机的宽度为尺寸标准改造自己的大门，那么大的木头门不好做，费工费时不说，木头也不好找。于是，用铁皮和钢筋焊接的简陋铁大门开始出现在村庄里。

这一次宅院大门改造的持续时间很长，变化也显著，但是，它始终没能成为全村人都为之响应的统一行动，所以对整个村庄的面貌并未形成整体性影响。即使后来手扶拖拉机已经非常普及了之后，也没有产生太大影响。因为普及到家家户户门口都停着一台手扶拖拉机的时候，它在人们心里的贵重程度也比以前降低了很多。它就是一台机器而已，犯不上专门为它改变大门的样子。

再后来发生的变化影响最为深远，也最为深刻。村里开始有汽车了，大卡车肯定是在场院里随处停了，可小汽车、小轿车，哪怕是一辆夏利、一辆长安，你也得小心伺候着，偷是肯定没人去偷的，在村庄里偷一辆汽车，比从贼娃身上偷一个钱包还困难得多。因为村庄哪儿停辆车，谁都知道那是谁家的，而且白天黑夜巷道里都有人走动。夜深人静了，大家都睡了，那更是安全，谁家的狗叫一声，附近的人在睡梦里都能听出来是谁家的哪条狗在叫。车，你是背不走的，抬也抬不动，只能发动着开走，那动静得多大？不过，村里闲人多，有些人的手也闲不住，从车边过，说不定会捡块石头在车上划一下、磕一下，这是你防不住的。唯一的办法，要么修车房，要么改大门，把大门再修大一点，把车开进家里院子，就放心了。

这一轮改造宅院大门的历史进程持续的时间远没有前几次长，但动作很大，速度也很快，不管有车没车，到前几年差不多所有的农家庭院里都能开进一辆小汽车了。不过，当所有的大门里都能进出汽车的时候，人们突然发现，几乎没有人把汽车开进院子里停过，而在大门口都多了一个小房子——车房，城里叫车库，村里就叫车房，是车住的房子。

这最后一次院门大变样的历史一直持续到国家开始实施乡村振兴战略，新农村改造项目以及美丽乡村建设将其推向了前所未有的高度，成为一次高潮。

我新找到的这个门其实也在路边上，不用刻意去找。只要回家，我每天都从那路过好几次，也知道那儿有个庄廓，门就朝大路开着。

后来，也从那里过，只是没怎么留意那门是否还在。那门直接对着路，离得也很近，你想不看见都难。几年前，实施新农村改造项目和美丽乡村建设项目，村庄干道两旁所有人家靠路的院墙都要换成砖墙，大门也都要换成喷了漆的铁大门，大多喷的是深红色的漆。

说来，那些门跟我也有一定的干系。原本这项目轮到我们村的时候，可能会晚一两年，村民们鼓动我去找县上的领导。村上的事，不能含糊，只得去找，去求情。可是去晚了，县领导说，当年的工程计划都已经安排完了，不好变更，答应第二年一定安排。

后来我才知道，即使不去找领导，这项目也是迟早的事，因为这基本上是个全覆盖项目。说不定，晚一两年实施，标准也会更高一点。事实上，附近比我们村晚一年或两年实施此项目的，都比我们村的档次要高一些。

到第二年头上，我突然听到消息，县上领导有变动，赶紧打电话提醒，走前一定别忘了我们村的新农村改造项目。没几天项目下来了，住在大路两边的人家开始拆土墙砌砖墙，拆木门换铁门——大多还是拆铁门换铁门。仅限于主干道两侧，我们家离主路比较远，不用换。其实，那个时候，村庄的木大门已经很少了，都早已换成了铁大门。只不过各家各户的门因为条件和喜好不同，大小和颜色也是有区别的。虽然都是铁大门，看过去，一模一样的也不多见，差异性决定了它的丰富性。

几个月之后，村道两旁那些分门别类的宅院大门都不见了，都换成了同一种规格、同一种颜色、同一种格调的铁大门。从那些大门前走过时，感觉像是在梦里。假如我是梦中人，来到这样一个村庄，要找一户人家，事先我已告知，他们家有一个这样的铁大门，于是，我走向一座一座一模一样的铁大门。一定会心生一个疑问：乖乖，这都是他们家的大门吗？他们家到底有多少个大门？他们从哪一个门里进出是要挑日子呢，还是轮着来？那么，我该敲哪一个门呢？

这还是其次，那一道一道的砖墙更是不伦不类。以前，要么四面都是夯土院墙，要么四面都是砖墙。如果四面的院墙不一样，一定是新盖房子时院墙有变动，砌砖墙相对容易，才把新房外檐下的院墙换成了砖墙，其余的夯土墙还在，看着也还顺眼。而现在拆土墙不是要建新房，只是为了路边显得好看，拆的是靠门的那一面墙，加上新换的门，就成了门面。现在每家每户人口都不多，靠院门一面也不盖房，要盖也是畜棚或厕所。这样一来，很多人家的改造项目实际上就成了改头换面的败笔，一点也不好看。

路边有木门的这家也是。因为扶贫移民，这家人迁离此地至少已经有二十好几年了，留在原地的就是一座空宅院，原先还有几间土房，后来房屋多已坍塌，没塌的也快塌了。可最初的政策是，这些人承包的土地以及宅基地都要保留的，万一哪天不想继续在移民点过了，要回故土，得给他们留条后路。

这也是当初很多人愿意离开故土的一个原因，因为故土会一直在，什么时候想回来，它还在原来的地方，一点也不会改变，连庄廓院都不会动。可绝大部分人离开故土要去的地方，各方面的条件都要好于故土，否则，也不会这样折腾。所以，离开时，谁都是流着眼泪，恋恋不舍的样子，可真正离开以后，真愿意重新回到故土的却几乎没有——个别回来的，也是有别的原因。

二三十年，一个宅院没人搭理看护，肯定是非常破败了。又在路边上，在路人看来可能会有点扎眼，但在村里人眼里，它早已长成了村庄的一部分，习惯得就像是自己身上的一个胎记一样。让它一直那么存在着，一点都不会觉得多余，或者有什么不好，反倒是让它变个样子，才觉得不习惯，不协调。因为是空宅，这事儿纯属多余。村里人有村里人的视角，根本不在乎别人怎么看。

虽然里面没人，但门面的美化改造还得完成。只好让还在村里生活的族内亲人操心，在路边新砌一道砖墙，开一扇大门，铁大门也没装——我猜测，再装一个大铁门，需要自己贴不少钱，里面的木大门还在。

我路过那里，从那砖砌的大门洞里往里一瞅，就看见了那木大门。因为长期无人进出，门扇、门框、门楣上的色调更斑驳了。本来也是原木色，未漆过，跟一道夯土墙一起存在了差不多有半个世纪，风吹雨打，岁月早把它变成了那老土墙上的一个旧画框。

门边上不知从哪儿伸出来一根细细的树枝，正好斜斜地在门框里面摇曳，几片树叶怯生生地镶嵌在斑驳的门扇上。树枝下方锈迹斑斑黑色的铁扣还在，但并未扣在门上，而是自然垂挂在那儿，像是等待有人拿起来，敲响门扇……便觉得，这就是乡村的味道。

我走进透过门缝儿往里瞅了一眼，门头上飘下来的一张蜘蛛网差点糊在脸上，但并未看到蜘蛛，蛛网上只挂着几粒虫卵样的小颗粒。应该不是虫卵，可能就是大一点的尘埃，一粒泥土，因为落在蛛网上，粘住了，掉不下来，就一直吊在那里。我又稍稍站远一点，先透过蛛网，再从门缝儿里看进去，以前所有的房屋都不在了，里面就是一片空地，好像还耕种过。也就是说，这宅院里面现在就是四四方方的一小片庄稼地。

于是，我想，要是来年里面种的是土豆或者胡麻什么的农作物，等它们都开花的季节，再从这老木门的门缝儿里往里看，那一定是另一番景致了，而且肯定是迷人的景致，因为，一扇木门关着满园花朵。

4月27日　　晴

一连好几天一个字没写。

大多数时间，我还是在花园里。到今天下午，花园里的活算是已经干完了，就连几棵压歪或压断了的小树也尽可能扶正培上了土。还开挖了三条小渠，以前花园里都埋设管道，没有明渠。后来，我发现管道冬天容易冻坏、夏天又容易冲毁，得不停地修，所以，这次我都改成了明渠。

有一条渠从屋后经过门前花园的高台一侧，流经下面花园的边缘，最后流出村外。另一条渠从门前花园的另一侧流入下面的花园，还有一条依然从门前花园的地下管道经过后才改为明渠的。这两条流入下面花园的小水渠，沿着弯弯曲曲的斜线流过花园，形状像两条小河。

这样即使我不能按时回家，只要雨水充沛，这三条微型的"小河"自然会浇灌两岸的土地。排水灌溉两不误，一举两得。下午，我站在花园里，看着这三条小渠的走势，感觉它像三江源。

不过，这两天，我在花园的大部分时间里并不是在拾掇花园，而是在那几堆旧木头中间翻腾，挑拣那些虫蛀的木头，大多是老榆木，也有几截柳木，还有一根老云杉的树枝。将他们找出来之后，先剥皮，而后用毛巾蘸清水清洗，显出上面虫蛀的纹路。

我第一次在一根木头上看到虫子啃咬出的精美图案是在四五年前。那是刚砍下来的半截榆木的树枝，也不知出于什么目的，我剥光了树皮，看着光溜溜的枝干白得耀眼。

这时，我看到了一幅像展开翅膀的蝴蝶样的图案，一看就知道是虫子啃咬出来的。当时，也没多想，只是觉得那图案精美，舍不得扔了那半截榆木，一直保存着，心想，哪天想用它做个摆件什么的也是说不定的。直到前些日在木材市场看到那半截老果木，我才对那图案有了全新的认识。但要说认知上的真正转折，是最近几天才有的事。

盖房子翻出了许多旧木料，其中包括不少带皮的老榆木。因为存放时间长，又因为随意堆放，树皮都已经松动，用手轻轻一掰，便一块一块脱落。随着树皮的脱落，那种虫形图案再次出现在眼前，而且不是一幅两幅，而是一幅接着一幅。

不论长短粗细，每一根这样的木头上从头至尾通体布满了这种图案，叹为观止。我已经拣出四五根这样的木头，单独存放，还有一些压在一大堆木头底下，需要慢慢清理。

我用手机拍摄了一百来幅这样的图片，其中将三组图片以"虫语"系列发到微信上，很多朋友看了，纷纷点赞留言，一些留言具有启示意义。比如，艺术家吾要先生留言说："如果视角独特，找到可切入点，可以做本探索性的书，像朱赢椿的《虫子书》那样。"作家马钧先生留言："虫纹，棒极！之前我在彩陶上见过虫咬纹，且无师自通地以为可做真假彩陶鉴定的一个重要参照。"作家李万华留言："成为了另一种虫虫"——当然是指那些虫咬纹……

因而受到鼓励，萌生了一个小计划。想过些日子，有闲暇了，用相机细细拍摄一遍，尔后，细心整理，慢慢琢磨，看能否搞出点有意思的东西来。

目前而言，一边尽可能多地收集有虫咬纹的旧木头，一边先对这一自然现象进行必要的思索，理出个大致的头绪来，但是，这绝非易事。树皮与树干之间几乎没有缝隙，要有，也只够分泌树汁，或让树干透气呼吸，一只虫子是怎么进到里面的？这还是其次，更主要的是，它并不是误入歧途，更不是心血来潮。很显然，它是进去寻找食物的，也就是说它是自己想进去才进去的。而且可以肯定，在这只虫子看来，树皮与树干之间的夹层是个充满诱惑的地方。

也或者，其幼虫原本寄生于树身，只是沉湎于美食而流连忘返，以致耽搁了行程，感觉到自己该出来的时候，已经为时已晚，再也出不来了。甚至也无法挪动，只得待在原地，用嘴、鼻孔、腿脚、触须、肌肤以及全身所有能够摄取养分的器官和肢体，乃至整个身体都用来啃咬和吞噬，以求活命。

可是，它依然无法挪动身体。最终，它发现吃还不是问题，问题也许出在排泄和生产上。无论吃进去多少，除了吸收的部分，其余都得排泄出来。因为营养过剩又不能活动，身体越来越肥胖，生存的空间越来越狭窄，加上排泄物及虫卵的堆积越来越多，对有限空间的挤占越来越严重……它唯一所能做的就是控制饮食，尽可能减少排放，再后来则只能进不能出，用自己的躯体囚禁自己。最终，窒息而亡，尔后，腐烂，将自己的形象刻在木头上。

也许不是这样。美国作家赫尔曼·梅尔维尔在其《苹果木桌子》中有一段文字这样写道：

"虫子飞到苹果园里的活树上，把卵产在树皮下面，现在这些虫子就是这么做的。仔细检查最后一只虫子钻出时桌面的位置，以桌面的木质层数做对比，会发现它沿着木纹咬穿了一英寸的木头才钻出桌面，在计算出桌面的木质总层数之后，还要合理估测出加工时在外面削去的层数，则不难判断，在苹果树被砍伐之前，虫卵在树里已经或多或少待了九十年。但从树木倒下到今天，又过了多久？这张桌子的样式老旧。姑且认为它有八十年的历史吧，那么虫卵就存在了一百七十年。至少，这是约翰逊教授的计算结果。"

尽管这是小说里的叙述，但我依然觉得，这是有道理的。由此我还想，我现在盖的这房子上有一根或几根木头里可能也有虫卵，而且有很多，而且都长成了虫子，最后也咬穿了木头，钻出来，那一定是一个戏剧性的场景。它会看到屋里有一个人，而那个人不一定是我。因而，那个人未必会注意到屋子里有一只虫子，也未必会知道多年以前这房子的主人曾预言过这一幕。

一只虫子穿越时空而来，一个人穿越时空而去。

不过，那应该是很久以后的事，也许也没那么久，谁知道呢？我所能确定的是，随着最后一块砖上墙，到昨天下午，房子的主体也全部告竣。

4月29日　雨

　　昨天原本要打门口的硬化路,可早上下了一阵雨,于是,停工休息一天。雨很快就停了,我和福来给大门钉扣子,主要是他一个人在钉,忙不过来的时候,我才打打下手。

　　今天一大早就开始下雨了,只好继续停工。福来要去西宁,问我回不回。我想了想说,先不回了。再一两天大活就结束了,已经待了这么长时间,也不在这一两天。起床后到门口看了一眼,发现雨水在门口冲开了一个洞。因为门前的排水和地坪还没顾上,雨水积在地上,加之铺设管道时挖开了一道口子,虽然已经填埋,却不够瓷实,无处可去的雨水正好钻了空子。后来,还发现屋顶有个地方的塑料也没有搭好,漏雨。

我就得在雨中进行这些"抢险"作业。不一会儿,衣服全湿了,回屋换了衣服,继续上阵……

一直到晚上,雨还没有停。无事可干,也出不去,只好坐在火炉边上写日记。

下午,福来发短信来,说海生的媳妇生了一个女儿,让我给取个名字。海生媳妇已经生了一个儿子,这下儿女双全了。福来虽然比我小一轮,但已经是两个孙子的爷爷了。想来,他比我有福。想了好一阵子,本想取个藏语名字,然考虑到她上一辈的人都已经没有藏语名字了,最后取名:胡珮琴,一个标准的汉文名字。

这些年我给小一辈的、小两辈的儿孙们取过不少名字,除了自己的两个孩子有藏语名字之外,别的都没取藏语名字。我能感觉得到,从我这一辈乃至上一辈开始,语言文字上——除了一些名词之外,我家族里的人几乎已经完全汉化了。从取名字上就能看得出来,我爷爷辈很少有人取汉族人的名字,到了我父亲这一辈,大多已经没有藏族人的名字了,到了我这一辈,全族上下还有藏语名字的人已经少之又少。

想来在越来越汉化的路上,我也是有责任的。我不知道,作为藏族人的后裔,除了身上流淌的血——也许还有依然坚守的民族习俗,我们家族的这些藏族人与汉族人究竟有什么区别?至少从表面上是看不出来的,在语言上也没有分别。不管你有多强的民族自尊,民族融合都是个大趋势,想挡也挡不住。

在今天，这样的事不仅发生在我等藏族人身上，也发生在全世界几乎所有民族的身上。不仅在今天，过去也一直在发生。不仅藏族人，汉族人也不例外，过去的几千年间，汉族人与其他各民族的融合从未间断过，除了文化的延续之外，汉民族的血统里也早已混杂着很多民族的血液，仅从血缘上讲，也许真正的汉族人也已经不复存在了。

与我等藏地边缘地带的不少族人不同的是，血缘混杂的汉族人却一直保持着语言文字方面的强势地位……就这个话题，我不想扯得太远，我族人中的很多人，对此依然非常敏感，我不想惹他们大动肝火。

这个季节，青海原本少雨，今天下了一整天，难得的及时雨。虽然，它让我耽搁了一天的工期，却有利于万物生长。这个雨天，我侄子海生得了一个女儿，当然是藏家女儿，而我却给她取了一个汉族人的名字——胡珮琴。这三个汉字没有特别的意思，我对名字并不迷信。只是觉得还算雅致，不俗气。

4月30日　　阴转晴

嘎玛隆

有几个场合,在讲到我老家那个地方时,我说过这样一句话。我说,要是在1000多年前的唐朝,我的祖先要是站在我家门前向东望去,山那面就是大唐,而身后就是吐蕃。

从门前能看到的那条山路就是唐蕃古道——这是后世的说法,而在当时,它就是国道,就像今天的109国道,从大唐通往吐蕃,一头是长安,一头是逻些。

在今天的行政区划上,我老家那个地方叫甘沟,是一个乡的名字,而在以前,不这么叫,至少不是这个音。以前,那个地方叫嘎玛隆,这个名字至少从1200年前就有了。甘沟两个字是嘎玛隆一个小地名的音转,嘎玛隆是一条山谷的名字,山谷中间地带还有一道山梁,山梁一侧有平缓的台地,名曰:甘果,窃以为,甘沟两个字就是甘果的音转。

据史书记载，西藏秋嘉王朝第三十七代法王赤松德赞（公元790—858年）在位期间，是吐蕃历史上的鼎盛时期，河湟诸地曾一度都在其控制之下，一直有人驻守此地，前有黄河天堑，后有宗喀山脉可依，易守难攻。河谷有河阻断，大队人马从对岸过了黄河，只能翻过一道山梁。

嘎玛隆就在山梁的这面，一条开阔的谷地。中间又有小山梁，山前台地平缓，正好驻扎一支守军。只要守住那台地，别说大队人马，从对面垭口就是过来一只苍蝇，也一览无遗。自小就听说那台地上有古城遗址，也曾到过那城墙跟前，却不曾细看。

前些日子又想起此城墙，才叫上福来去看。城墙很厚，墙基约3米，而且不是一次夯成，而是分三次夯筑而成。夯土层有密集空隙，空隙很大，夯土时，当夹杂灌木条来加固，后灌木条腐朽，才留下了这些空隙。如此城防工事，当非民用建筑，而属军事防御。

据记载，因吐蕃朝中有变，命守将前往复命。临走，守将下了一道命令：所有将士原地驻守，没有他的命令，都不得撤离。可他一去不返，命令也没有等来。嘎玛隆，就是命令没有来或没有命令的意思。他们就在这一带驻扎下来，一直等，后来就在这里住了下来。成为这一带藏族人中重要的一支。在后来的历史中，可能曾几度迁徙，但当地一直有藏族人居住，而且是主要的世居民族。

我祖上历代也信佛，族内均有佛堂，主供佛像为莲花生大师。后来，这一带都改宗黄教，但族内佛堂规制从未改变过。而莲花生的地位在藏地的最初确立也是赤松德赞那个年代的事，想来，也许这个地方的名字真跟那个时代有点关系。

居于此地的早期藏族人，大唐之后曾先后迁居今化隆等地，后又从化隆等地回迁此地。我虽不曾考证，但从一些传承至今的习俗仪轨及姓氏演化判断，我的族人也当属这支来回迁徙的藏族人。他们最早迁离此地的时间应该不早于元末明初，最后迁回此地的时间应不晚于清中期。因为这一带最后一次有规模的民族向外迁徙就发生在那个年代，我的族人最后又迁回此地的时间在180年前后，顶多不超过九代人，有六代人尚在世。

今宗喀山脉东端诸多有汉译姓氏的藏族人均属此列，这是青藏高原东端汉藏民族不断融合的一段历史，也是一个部族不断迁徙形成的过程。

这个地方很小，几条山沟而已。境内有几座寺庙大多为明初所建，最著名的当属卡迪卡瓦寺，因供奉宗喀巴亲笔自画像，在藏地信众心里享有崇高地位。卡迪卡瓦原本不是寺，而是一座古城，考古认定建于明初，从诺日桑布的生平以及后来发生的一些事推断，我自己认为，这座城至迟在元末就已经有了。

古城的主人诺日桑布，在藏族历史上也是赫赫有名的人物，用今天的话说，应该是一位了不起的民族企业家，倍受后世敬仰，几乎可被视为财神爷。其足迹遍及汉地、内蒙古、西藏、东南亚以及丝绸之路沿线诸国。他是宗喀巴大师起势时最主要的供养人和财力支撑者。

我在藏地行走几十年，很多时候，会置身唐蕃古道旁的某一座山冈，山顶一般都有拉则或煨桑台，其时，总会有人提醒，那是诺日桑布祭拜山神或煨桑的地方，因而备受尊崇。

前些日去黄河源玛多，在花石峡，就有人告诉我，一道山梁上的煨桑台就是聪宏·诺日桑布煨桑台。离那地方不远，还有一个更大的煨桑台，是格萨尔王妃珠姆的煨桑台。在藏地，煨桑台随处可见，家家户户都有，可见并不是所有的煨桑台都有名字，一般被后世所铭记的都与一个人有关。人们之所以记住一个煨桑台，是因为历史记着这个人的名字。

宗喀巴十六岁离开故乡去拉萨，而后一直没有回来过。诺日桑布因商业往来，则经常往返于青藏两地，便经常肩负宗喀巴母子之间的信使之责。一次回拉萨时，他带去了母亲从头上剪下来的一缕白发，宗喀巴捧着慈母的白发，泪如泉涌。随后，沾着自己的鼻血画了一幅卷轴画，装在一个小木桶里交给了诺日桑布。让他再回去时亲手交给母亲，说见到母亲，画像会跟母亲说上三天三夜的话，以告慰母亲思念之情。

后面的故事里说，诺日桑布请最好的画师仿了一幅交给了母亲，而将原作请回自己的家——也就是那座古城里供奉的画。毕竟不是原画，见到母亲后只叫了三声阿妈，而没能说那么长时间的话，成为千古憾事。想必当时诺日桑布看到那慈母悲喜交加的样子，也定会顿生悔意。但错已铸成，已经无法更改。

　　卡迪卡瓦城建成之后一直是诺日桑布在故土的宅院，城占地约六十亩，城墙厚实，墙头几乎可行车。城门也高大宽阔，门里面还建有用来防御的瓮城。那么，为什么这城后来又成了一座寺院，这也缘起于宗喀巴。因受明朝皇帝的再三约请，宗喀巴推辞不过，虽然因身体原因不能亲往觐见，也不能坐视不理。就先后派两位弟子前往，听候皇帝的吩咐。先后派两位弟子绛青曲吉·释迦益西和却吉加布赴京面圣。

　　因为有诺日桑布这样一个缘分，他们途经此地时，都会到诺日桑布的小城小住，以作休整。一次，诺日桑布在城里陪却吉加布漫步散心，听见一棵树上有一只乌鸦啼叫，抬眼望去，见一缕金线从乌鸦嘴里垂下，在阳光下呈悬彩佛幡状，视为祥瑞。却吉加布随口道，要是在这里建一座寺院将是一件殊胜的事。

　　他也许只是随口一说，可诺日桑布却把这句话放在了心上。随后，他便将上面不远处已经建好的一座小寺院静宁寺整体迁入城里，又不断扩建。而他自己的家也从城里全部迁出，在城边盖了几院房子另住。从此此城就成了一座佛教寺院，因有此背景，名声日渐显赫，规模也渐趋宏伟。鼎盛时，有大小殿堂十三座，寺僧近千名。清同治年间毁于兵乱。后世虽几经重建，却再无昔日辉煌。

　　附近还有几座很有名的寺庙，一座是东面的炳林石窟寺，其开凿年代比敦煌莫高窟还要早，为中国著名石窟之一。另一座是东北面的虹化寺，因有宗喀巴弟子释迦益西的灵塔而著名。释迦益西也受宗喀巴之命，几度赴京觐见明朝皇帝，每次往返都会路经此地而建寺庙。后永乐皇帝赐封黄教宗喀巴"大慈法王"，朝廷特专拨巨资，扩建虹化寺，还有城，占地约八十亩。朝中各衙门在寺前还设有办事机构，为其服务。

最后一次从南京回到此地时，释迦益西得知师父已经圆寂，他不能不去送行。但可以当时的条件，他怎么也赶不回去。最后决定把肉体留在此地，灵魂虹化去送师父。临行，叮嘱寺僧，他要闭关七日，七日之内无论发生什么事，都不得打扰他闭关修行。第四天，一个僧人实在耐不住了，担心他会饿坏，擅自进去探望。一看，释迦益西躺在那里已经没有气息了。以为已圆寂，便举行葬礼，为之送葬，而此时的释迦益西还在师父宗喀巴的葬礼上。

等他送完师父急忙赶回来时，却不见了自己的肉身，肉身已经火化入葬——现在的灵塔所在处就是他肉身入葬的地方。他觉得，自己的尘缘已了，便虹化而去。从此世上再无释迦益西。

最后一次作别时，师父曾嘱咐说，你去过内地了，那里人多。假如你以后还有来世，记住一定要到内地去弘法，他从不敢忘怀。据说，他就是章嘉活佛一世的前身。历代章嘉活佛都成为国师在内地弘扬佛法，藏传佛教有一个说法，说那是释迦益西在践行对师父的诺言。

再就是那一条山路。有考古学调查为证，确为青海境内唐蕃古道主干东端。每次回来，一有机会，我都会去几道山梁上的那些垭口去看看。那每一个垭口都是唐蕃古道的一个路口，是一千几百年间人们用双脚磨出来的一处通道，两种文明的风都从那垭口汹涌呼啸。

这几年随着城乡一体化进程的加快，每一道山梁上也修了不少路，大多是水泥路，有些路还从那垭口过，便把历经千年保存下来的垭口给挖坏了，两面都是新的坡面，历史的痕迹不见了。每次看到都觉得可惜和心疼，那是得细心保护的，那垭口的泥土里还留有大唐的气息和脚印，不应该一下就让它没有了。

还有一些垭口还在，只是因为有了更平坦便捷的路面，也少有人从那垭口行走了。于是，附近村庄的人就往那垭口倾倒各种生活垃圾，堆积如山，快把垭口给堵住了。一堆垃圾旁还有几截烂木头，有几根老榆树的树枝，蹲下来剥去树皮，上面也有虫纹，都好看。原本想扛回家去慢慢欣赏，可转念一想，附近村庄里的人可能会以为我竟沦落至此，在垃圾堆里捡柴火。便起身离开，离开时，嘴角挂着一丝慌张的微笑。

一次，见到一个住在那垭口附近的人，我还说起此事，说这是在糟蹋自己的文化血脉。他当时就答应，回去一定把那垃圾清理了。那之后，我也未去过那个垭口，也不知那垃圾尚在否。

现在已有一条省道从嘎玛隆通向青甘两省，还有一条高速公路连接城乡，车水马龙，不舍昼夜。可直到四五十年前，嘎玛隆人要出门远行，不是骑马就是徒步，翻山越岭，几条大点的河上都没有桥，还得涉水而过。雨季河水暴涨时，除非你摸石头过河的经验丰富，否则，至少有三条河会让你望而却步。

古道旁的一两座小桥都建在村庄边的小河沟上，好像那并不是用来通行，而更像是装点古道村落的。桥墩是石头或木头做的，桥面却是泥土，雨后印在上面的马蹄像一枚枚闲章。村边桥头，总歪着几棵柳树，清晨和傍晚，树枝上总缠着一缕炊烟，偶尔有乌鸦的叫声从树枝上落下……

从那古道上走过，你会有走进历史的感觉。如果是秋天，你会想起马致远的《天净沙·秋思》：枯藤老树昏鸦，小桥流水人家，古道西风瘦马。夕阳西下，断肠人在天涯。

因为你所走的，还是千年而来的那条古道——唐蕃古道。沿古道前去，东可往长安直至东海，西可往青藏腹地直至喜马拉雅。

从嘎玛隆到民和县城有七十多公里路，我也曾徒步多次，每次都直走得脚心起血泡，苦不堪言。可一想到，隋炀帝和文成公主也走过这条山路，隋唐而来的千年历史也走过这条山路，脚底下似有豪迈升腾。

8月9日 　　晴

　　昨天，福来在微信里发了两张图片，是在老家房子里铺设地暖管的场景。

　　我这才想起，这天是立秋。转眼夏天已经过去。原本想一个多月时间房子就盖好了，可是到现在已经快5个月了，还没盖好。这两天装暖气，完了还有门窗、地板以及墙面，还得打一些简单的家具。看来入冬前能全部就绪就不错了。

　　福来原计划是让我装电地暖的，把电热管线直接铺设在屋内地板底下，用电取暖。他自己家的一间屋子及卫生间都采用此法，屋内温度的确不错。后来，朋友们担心，如果供热面积过大，恐不理想。斟酌再三，改为电热水暖，也就是说，依然用电能，装一台小型电锅炉，却以水循环实现供暖。这样又有一个问题，冬天如果家里长时间没人，管道容易冻裂。

一天，福来打电话说，直接加防冻液就可解决这个问题。

现在装的就是这种地暖。冬天屋里有暖气，这也是农村的一个变化。

以前老家几个屋里都生炉子，烧煤。不清洁不说，热得也慢。家里有人还好，炉子一直不灭，屋里好像也热。可只要炉子一灭，屋里一下就冷了。如果家里没人，屋子都冷透了，即使生着炉子，屋子热起来也得很长时间。父母不在了之后，冬天每次回去，也生炉子，但好几天都热不起来。好不容易热起来了，却又要离开了。再次回去时，感觉屋里更冷了，透着冰凉。

早听说，有一条天然气管道要经过此地，可至今没有动静……

10月6日　　小雨转阴

原本打算国庆一放假就回老家的，有些事耽搁了，直到5日晚才回来。

新房的门窗都已经做好，客厅和书房的屋顶也已经装上了木板。再有一两天，卧室的屋顶也好了，剩下的就是墙面和地面的活了。之后，装上玻璃，这几间房子就算好了。书架、床、桌案以及客厅用沙发也准备让木工一起做了，到时候，再添几件小家具即可入住。一开始想顶多一两个月就能建好的房子，从清明时节直到现在尚未完工，整整用了半年时间。要不是福来操心，我可能早就没耐心了。

因为最初，一门心思想用木头盖几间房子，后来不得已——主要是考虑到很多时候家中无人，为便于打理——最终，半面房子还是用钢筋混凝土浇筑了。可心里还是割舍不下自己对当地传统土木建筑的情结,便决定用木头覆盖屋顶,这样至少从屋子里面看不到水泥的痕迹,完全像一座木质建筑。

屋顶装饰仿照传统木屋的椽子样式,稍做了些许改进而已。为了透出传统木建筑的整体效果,除了门窗和屋顶全采用木材以外,在砖混墙面上,我还装上了几根木头的假柱子,单从表面看,也跟真的一样,一点也看不出它只是个"样子货"。如此,住在里面,感觉也像是在木头房子里一样。这不仅仅是面子上的事,我坚信,它有内涵。

在屋里闲坐时,突然想起那几根藏在树底下淋雨的虫噬木——我不确定,汉语里是否有"虫噬木"这样一个名词,不过不打紧,顾名思义,不难理解。

那是几根老榆木的树干,每根长约3米,大头直径在35厘米左右。因为盖房子,我在清理旧木头时翻出来的,都带着树皮。记得,那都是因为我要建花园砍伐的榆树。堆在那里已经有几年了,成了旧木头,一挪动,两头的树皮便自然脱落,那些精美的虫纹便露了出来,令人震撼。我便剥掉了所有的树皮,露出其满身的虫纹。之后,用一块干净的毛巾沾了清水擦拭,让整根木头显出光泽。这时,那些虫纹更清晰了。我用手机大致拍了一遍,约有两百幅,每一幅都不一样,精彩纷呈。闲暇时翻出来把玩欣赏,每每都有惊喜收获,爱不释手。

当时,恰逢雨季来临,心想,让它再淋淋雨,其光泽也许更加丰润。便费了好大劲,一根根亲自扛到排水渠边的一圈大树底下阴着。打算要特意买一支微距镜头,仔细拍摄那些虫纹图片。其实,国庆前我已经订了一支180毫米的佳能镜头,节后就到货了。到时候,可以将那些自然天成的虫纹图谱均收入镜头,永久珍藏了。每次想起来,都激动不已。其实,此前我已经决定,将为此专门写一本书,书名也许会叫《与虫子书》,也许还会有一个副标题——一个作家与一只虫子的合著。

可是,树底下的那些老榆木不见了。找了一圈儿,其他地方也没有。应该是被当成烧柴烧掉了。前几日,新买的木头还不够干爽,木匠担心用它直接做门窗会裂缝,建议在门前生火烤干。说这话时我还在老家,到他们真生火烤的时候,我又回城了。

回到屋里问起那几根老榆木,木匠老冯说可能烧掉了。我说,院子里有很多烂木头,用不着把它烧了。木匠说,那些木头肯定是你妹夫烧掉的,我们只负责指挥烤木头的事,烧柴的事都是由他操心的。福来也说,可能就是姐夫烧掉的。其他几个妹夫都不在家,在家的只有双双。我觉得,他会干出这种事情。除非事先叮嘱过,否则,别说是他不知道那些木头有何用,即使知道,他也会这样做。因为,要抬那些烂木头需要费点周折,而抬这几根老榆木相对要省事省力。

那一下午——其实后来很长一段时间里,我都在想这几根老榆木。明知于事无补,仍割舍不下。后来,翻出手机上那些图片,越看越心疼。好在,这样的旧木头应该还能找到。等有空了,到村庄一些人家的房前屋后转转,说不定还能找到一些。不一定抬回家,拍一些图片即可。但毕竟不如现成的方便。

当然,也有可能我会因此收集很多旧木头。很多是多少,不好说。

这是后话。

10月6日　小雨转阴　又记

下午3点多,我决定去隔壁看看伯母。

这倒不是突然想起来的,近一年多时间,几乎每天,我都会想起伯母,而且每天不止一次。因为,我父亲只有一个哥哥,我也只有一个伯母。

在伯母家门口的台子上,一株紫色的菊花开得正艳,马上就立冬了,想来这应该是一年中开得最晚的花朵。伯母一个人在家里,从今年春上到现在,大部分时间里伯母都是一个人在家,而且,一直在病中。

有一两次,还很严重,以为时间不多了。永祥从远处的工地上赶回来照顾,弟媳和几个孩子,也都轮番回来陪伴。族内在家的人,每晚也都前去守护。也许是亲情的温暖起了作用,没几天,伯母就缓过来了。

家里又剩伯母一个人了。每次,见伯母时,她都说一句话,已经到死的时候了,可就是死不了。我就附和,这个自己说了不算。可是,谁说了算呢?其实,我也不大清楚。我能清楚的事,伯母比我更清楚。

伯母高血压、高血脂,脑动脉硬化,经常头晕,还浮肿。尤其近两三年身体状况日渐衰弱。状态好一些的时候,她拄着拐杖可以到门前走走,甚至可以自己煨炕。很多时候,一连好几天都出不了门,就在炕上往外望着。伯母睡的炕靠外面窗户,从窗户里能看到巷道里来往的行人。伯母百病缠身,但眼睛很亮,大老远就能看清是谁在巷道里走动。一次,她对我说,那几天她动不了,希望有个人进来跟她说说话。可是一连好几天,没一个人进来,她还记得每一个从巷道里经过的人。

有几天,连煨炕、生炉子这样的活也干不了。一次,我看见她在炕洞门口忙乎,赶忙过去帮忙。看到我,伯母说:"哎,今天这炕是'填'(我老家方言,是煨炕的意思)不好了。"我说:"你回去休息,我来填。"说是这么说,能不能填好还不好说。小时候,我是填过炕的,可也有几十年没碰过这活了。不过,基本的技巧和程序还是记得的。倒腾半天,终于看到炕洞里冒烟了。便进屋给伯母说,开始冒烟了,可能会着。她说,冒烟了,就不管了,一定着哩。至于后来炕有没有热起来,我没问过,伯母也没提起。

那天,一见面,伯母还说那句话:早到死的时候了,可就是死不了。这次我没接话茬,而是问伯母,中午吃了没有?她说,今天感觉很不好,早上起来头就晕。本来要生炉子烧点水,可是站不住。最后,到上面家里——我另一个堂弟永龙家,要了点开水,吃了点馍馍。

听着让人心酸。我说,药还有吗?要不要叫村医来打个针?她说,药还有,针就不打了。之后,又陪她说了一会儿话,快到晚饭时候了。我问,家里有什么吃的,我给你做一口饭。她说,有压好的面条。

我就生了炉子,烧了一壶水,准备给她下一碗面。要是三十年前,在伯母家,我要找个什么东西,就跟自己家里一样熟悉,可现在,我连碗筷放什么地方都不知道——不过,最终还是找到了。一想,我离开老家都快四十年了。原本想在下面时放点土豆丁丁,可没找到。最后到自己家里看有没有可下饭的菜?我家里因为没人,加上一直在干活,也有小半年没做过饭了,厨房里堆着一大堆建筑材料和杂物。只有木匠偶尔会自己做点饭吃——大部分时间,福来都安顿他们自己到乡政府附近固定的饭馆里吃,最后我们去结账。

还好,我在案板上找到了切开的半个圆白菜,地上还有几棵小油菜。伯母吃不了多少,我揪了几片圆白菜和油菜叶,也没跟木匠说,装在衣兜里出来,在门口水龙头上洗干净了,去给伯母下面。下面时,征得伯母同意,又打了一个鸡蛋,加了少许调料和盐。面下到锅里,看上去还不错,但我肯定不会好吃。可伯母说,很好吃。面和菜都煮烂了,但她吃得津津有味。在她埋头吃面时,我看着她一头的乱发,落下泪来。幸好,她没有看见。她吃完面,转头看我时,我已将眼泪抹去。

她只吃了半碗,锅里还剩了一些。伯母说,把碗里剩的还倒回小铁锅里。明天早上,她要热了吃。只好随她意。之后,收拾了碗筷……

这是我第一次给伯母做饭。回想起来,我一辈子都在吃伯母做的饭,只要是饭点去他们家,我都会留下吃过饭再回自己家。饭快好了,你离开,伯母会不高兴。而且,爷爷奶奶也跟伯父伯母一起住,我又是爷爷奶奶的长孙,吃饭的时候走了,他们会更不高兴。虽说分成了两家,但在我心里,一直跟一家人一样。可我只给伯母做过这一次饭,而且是一碗没有一点油水的清水面。

记得,上大学时有一年暑假回家,快到家时,遇见爷爷,二话没说,跟着爷爷就进去了,直到吃过晚饭才回家。我们两家只隔一堵墙,父亲母亲以及弟弟妹妹自然是知道我回来了的,小妹还来看过好几次。回家后,我才感觉到,母亲很在意这些细节。虽然没说什么,但从她言谈中,我还是能感觉到一丝不易觉察的埋怨。因而,记住了,以后再没犯过这样的毛病。我想说的是,伯母家在我心里的位置。也是这个缘故,永祥虽然是堂弟,但自小与我关系最亲,甚至比亲弟还亲——这样说,尕魁可能会不高兴,毕竟他是亲弟,可事实如此。

伯母今年80岁,和我父亲同岁,父亲已经走了三四年了——伯父走了已经有二十年了。伯母现在是族内同辈女性中岁数最大的一个人。伯母一儿一女,还有孙子、孙女、外孙和外孙女,可临了,自己动不了的时候,身边却一个人也没有。

这使我想起以前的事。伯母只有一个儿子——永祥,乳名子良,昵称尕良,自小学习成绩一直非常好,只是读到初中毕业,连高中都没能上。那时,我已经上大学,经常写信给尕良,让他务必继续学业,也写信劝伯父伯母,如果尕良不继续上学,太可惜了。可伯父写信给我说,"都走了,家里就没人了。"言外之意是担心,老了身边没人照顾。可从现在的情形看,书没念成,身边也没人。当然,这些话,我不敢在伯母和尕良面前说。既然于事无补,就再不必惹他们生气。

伯母的晚饭算是吃过了,可下一顿谁来操心呢?晚上,我出去时,看到伯母家来人了,我看到侄子福山在门前转悠,应该是弟媳、侄媳和小孙子都回来了。这样,伯母第二天的早饭就有着落了。我知道,第二天,侄媳肯定得回城里上班了,侄子就得开车送她。孩子还小,天也冷了,放在山村老家,她一定会放心不下。这样,弟媳也得一起回城,去照看她孙子。伯母又剩一个人了。

通常,我离开之前都会去跟伯母告别,可这次我没敢去。想来,伯母已经跟他们说起我了,也一定会提到那一碗清水面。我去了,弟媳一定会就此说点什么,可我不知道该怎么接这个话,会尴尬。

第二天一早,看他们还在家,我就直接离开了。一路上,我都在想,他们什么时候离开。之后,伯母一个人又怎么挨过一天又一天?

这样的日子每一天都很难熬。

时间过得也很慢,天黑得慢,亮得也慢。

10月6日　小雨转阴　又记

我在想，对老榆木上留下精美图案的那些虫子来说，时间又意味着什么呢？它们会不会也感到时间过得很慢，也许不会吧——时间过得越久，它们可以排出更多的虫卵，在更多的老木头上留下更多的虫纹，等待人们去发现和琢磨。当然，这是我的想法。

其实，一只虫子根本不会在乎是否有人类会发现它们留下的那些虫纹。也许对他们，那并非精神创造，而只是一种生存本能的体现。也许就是一种繁衍的方式，并由此谱写属于它们的生命史。如果人类或其他生命从未发现，它们的历史也不会因此终止。恰恰相反，因为被发现了，它们生命的轨迹却极有可能因此而改变。

比如，我从那几根老榆木上清理掉的那些碎屑里，说不定有很多是鲜活的虫卵乃至生命。你用人类的肉眼无法分辨，于是，用一块沾了水的毛巾，只几下便洗劫一空。每一下，对它们，也许可形容为横扫千军。你能说，这对它们生命的历史没有影响乃至改变吗？至少对很多虫卵来说，这一下，便决定它们再也不可能生长成一只虫子了。

于是，我还想，如果那些虫子也记日记或笔记，它们会怎样记述2019年夏天发生的这一幕呢？这一想，令我毛骨悚然。因为我一时的心血来潮，也许让万千生命遭受灭顶之灾。会不会万劫不复，我不知道，但一定有万千生命的历史因我而突然终止，再也没有未来。

而我还在写这样的文字——某种意义上说，我也像一只虫子，这些文字也无异于那些虫纹。如果有一双手，也用一块毛巾，蘸点清水，将我从这星球上突然抹去，这些记录对我还有意义吗？对此，我自己都持怀疑态度。接下来的问题更令人深思：如果对你没有意义，那么，它会对谁有意义呢？

是的，我几乎能感觉到，这样的追问已经是哲学层面的问题。可是虫子们会在乎人类的哲学思想吗？我想不会——肯定不会。也许这正是我为什么要与这些虫子合著这部书的缘故，因为正是它们创造了那些精美绝伦的虫纹。从这个意义上说，如果这部书还有一点阅读价值的话，其价值均归功于虫子——如果罪孽深重，其罪又全在我。

这一天的日记上没有日期

虫子宾馆

　　这是朋友圈一条微信上的图片，田野上有一座微型小木屋，门前挂着一块小木牌，上书：昆虫旅社。这是一个诗人的微信，我留言：这也是一首诗。他回复：是的，多好啊！

　　也许是受了这张图片的启示，因为新建房屋的东头增加了一个卫生间，房屋整体面积也有所增加，这样不仅卫生间部分便凸出在原来的大门外面了，靠卫生间的一间屋子的一头也露在门外面了。我原本就想让它在院墙外面的，门是开在里面的，它凸出去一点也无妨。

　　福来说，那样不好看，得把大门往外移。这样大门另一侧的院墙也得拆了往外移，让庭院整体向东扩上一米左右，至少要让院墙与卫生间里侧的大墙成一条直线。大门立起来后的一天，他让人把大门另一侧的院墙给拆了，重新砌了一面墙,这样,被拆除的墙根与新砌的院墙中间就有了一长溜空地。

而在多年以前,我曾在庭院东南两面院墙的里侧种有爬山虎,也叫地锦,经过多年生长,已经爬满院墙。这是一种藤类植物,枝蔓上长着五角形的大叶子,夏天是满墙翠绿,而到了秋天,却是一片金黄,后又一片紫红,赏心悦目。这可以说是整个庭院的点睛之笔,我喜欢得不得了,私下也甚为得意。

可是东面院墙拆除之后,那满墙的爬山虎都无处倚身,歪歪扭扭地倒在地上,一片零乱。好几次,我盯着那一对枝蔓不知如何是好。后来,我想到了一个办法,从老墙根儿往新墙顶上搭一道藤架,尔后,把那些枝蔓又小心地搭到藤架上。这样不仅可以保住这些植物,还可以让它更好地生长。以前,那些绿藤是自己顺着院墙往上爬的,因为没有斜度,得直直地往上爬,一些挨不到墙面的枝蔓容易往下掉。现在有了一面有斜度的藤架,再也不存在这个问题了。

我费了大半天工夫用木头和铁丝搭好了藤架,也把所有还连着根的枝蔓都搭到了架子上。于是,藤架下面的墙根儿里就有了一片回廊一样的空间。一天雨后,我发现那里有很多蚯蚓。那时爬山虎的叶子还没出来,心想,等叶子都长出来之后,还会有更多的虫子生活在这里,除了蚯蚓,还会有蜘蛛、蚂蚁和各种昆虫。

于是,我给这个地方也取了一个名字:虫子宾馆。一次,女儿回去时，我指着那个地方对她说："我给你建了一座虫子宾馆，以后你可以坐在自己家里观察各类虫子了。"

我打算用一小块木板做一个牌匾，挂在那回廊的入口处，上面就写：虫子宾馆。

10月17日　　晴

老宅

　　妹妹在电话里告诉我伯母去世的消息时，我愣了一下。

　　怎么会呢？十天前才见过她。当时，伯母还说，自己早应该死了，可就是死不了。这话，伯母已经说了有三四年了。心想，死并没那么容易，也就没当一回事。有时候，我也会直接告诉她，一个人什么时候走，自己说了不算，不到时候，想走也是走不了的。

　　伯母离开这个世界的那天早上，我才将十天前手写的日记打成了电子版。一直到中午才打完。可以说，那一上午我都在想伯母的事。

　　那是10月16日。当天下午，我所在的青海日报社举行创刊七十年职工文艺演出，每个部门都有节目，我所在总编室也不例外。我一参加工作就在这里，工龄已超过三十三年，可谓是老同志了。原本这样的场合可以没有我，但是部门领导还是希望我在节目中扮演一位老编辑。听着像个重要角色，实际上就是一个"道具"——不过，是一个能自行移动的"道具"罢了，省去了让人搬来搬去的麻烦。

考虑到，我在报社工作一辈子，七十周年大庆应该是个不可重复的日子——这样的日子一辈子只有一次——其实，一个人一生中的所有日子都只有一次，不会有第二次。突然想起广西作家东西在井冈山的一次聚会上即兴朗诵的一首诗，诗题就是《只有一次》，依稀记得，爱只有一次，恨也只有一次；生只有一次，死也只有一次。最后的一句记得清晰：一次就够了。朗诵完，那张写着诗的纸被宁夏作家郭文斌先生抢走，说好诗，他要在自己主持的《黄河文学》上发表。

我也就痛快地答应演一个活"道具"，为这样一个日子，当一次"道具"也是有意义的。每次一想到，自己一辈子最美好的生命时光都献给了一张报纸或一张纸，都攮在一栋楼里了，或都扔进废纸堆里了，总感觉很悲壮。为此我还专门写过一篇文章，标题就是《一幢楼里的文字人生》。

以前，每天新印出来的报纸看完了都舍不得扔，堆着，堆到无处可堆的时候，收废纸的人就会如期而至。在所有废纸里，新闻纸的价格最高。三五个月的废报纸可换回几十块钱，部门凑在一起可买点公用的小东西。后来，除了有重大消息，我自己都不看报纸了。每天的报纸就那么堆着，过一段时间，我都叫保洁人员直接抱走。虽然，对报纸的感情依旧，却不像以前那样急切地等着报纸看，好像看了一辈子，已经无须再看了。

　　因为要求，演出时手机要调至静音状态，妹妹第一次打电话时，我并未发现。发现未接电话，是总编室的节目演完以后的事。接下来的时间，准备坐在台下看看别的部门的节目。从台上回到座位，我抽空看了一眼手机，看到了几个未接电话，其中一个是妹妹打来的。我也未急着回电话。只是回了一条短信，三个字：阿么了？过一会儿看时，妹妹回复："大妈去世了"——我们管伯母叫大妈。

　　这才急急离开座位，到外面给妹妹打电话，可她的电话一直占线，一直占线，打不进去。我在党校礼堂外的台阶上急得转圈儿。电话终于接通了，妹妹将刚才短信里的几个字又亲口说了一遍。一时，脑子里有点乱，我又在那台阶上转了几圈，而后才意识到，应该赶紧回去。于是，再次回到座位，给部门领导说了一声，背着包就离开了。我从一次庆典奔赴一个亲人的葬礼！

　　那时，已经下午4点多了。晚上8点，我已回到老家。伯母已经入殓。

　　明天已经是第三天了，伯母下午出殡。大后天出丧，入坟。

　　归去。归于土。我在世上，再无伯母。

1月22日　　晴

　　明天是伯母的百天忌日，她已经走了一百天了。
　　原本打算明后天再回来的，年三十上个坟。春节也没打算在老家过，一来，因为伯母刚刚过世，今年家族里也不过年；二来，现在父母亲都不在了，我要在老家过年，几个妹妹又得为我操心，担心我的饮食起居。不回去，她们也可安心地过年了。
　　我是昨天夜里回来的，正好福来去西宁，问我今年回不回家，我说回去也是上个坟，完了就回来，不在老家过年了。后来，想起伯母的百天该到了，但不确定是哪一天，那得一天一天数。便给孖良的儿子、我侄子福山打电话，问他阿奶的百天是哪天？他说是腊月二十八，也就是今天。
　　因为总有一些琐事，伯母过七七，我只回来过一次，有几个七,我都不在西宁。百天是个大日子,一定得回去一下,明天是腊月二十九,正好上个坟,年三十就再不上了。这才跟福来一起回来了。下午我有点事,他也有点事要办,完了,在家吃了一口饭,出西宁时,快晚上9点了,一路没停,赶到家时,已是夜里11点多了。让福来直接回去了,一个人进屋生着火,又喝了一口茶,睡下时,已过子时。

早上就醒得晚,起得也迟,反正今天一天也没什么事,还想因为到家时太晚了,应该没人知道我回来了,醒来之后又躺了一会儿。这时,尕良打来电话,说早饭熟了,起来吃早饭。说了声好,赶紧起床,洗把脸去伯母家吃早饭。进去后,尕良才说,是他妻子说,我可能回来了。夜里家里有灯光。

是啊,灯光。我睡觉时,还有意留了一盏灯一直亮着。很多时候,我都会留一盏灯一直亮着,不是让别人知道我回家了,而是觉得有一盏灯亮着,说明家里有人。如果父母从另一个世界看见,就知道我回家了,就会高兴。我喜欢他们高兴的样子。他们活着的时候,一直盼着我早点回家——从我离开家的那一天一直盼着,一天一天地数着日子盼望。

现在我回来了,可他们却都不在了。

现在,伯母也不在了,我父亲这一辈人里,老人就剩我亲叔了。

这一天,族里的几个弟媳妇都在尕良家里帮着准备第二天给念经的僧人和来祭奠的亲戚们吃的东西,主要是包很多包子,煮很多肉,这个简单实惠,明天再临时炒点菜,就行了。

一上午，我也在那里坐着，跟提前来祭奠的几个亲戚说话。

下午，没事，就回自家门前看我重新找出来的那些虫蚀老榆木。记得我前面已经说过，一开始翻出来的那几根很好看的老榆木都让我一个妹夫当柴火全给烧了。我把他好好说了一顿，门前堆着那么多烂木头不烧，偏偏要烧掉我精心挑选的那几根老榆木，是不是成心的？他呵呵笑着说，你那样的老榆木我们那个地方多的是，路边就有，什么时候给你拉一车过来。

他说的也许是真的，我也就看上那些虫纹了，要不，我要那些烂木头何用。在别人眼里，那就是一堆垃圾，可不就是随处乱扔的东西。但是，直到现在，别说一车老榆木，我连一根半截也没见着。

就更担心我新找的那一堆老榆木。那还是在我的催促监督之下，我那个妹夫从屋后几大堆烂木头里一截一截给翻腾出来的。每找到半截，他就从台子底下递上来，我再抬到门前一棵松树下放着，没敢去皮，好让虫子继续啃咬，以完善它们用生命进行的创造。虽然都没有最初我拣出来的那几根老榆木好，但也算不错，有长有短，有粗有细，有直有曲。有几截还是树冠枝杈部分，造型奇特，如果上面再布满虫纹，完全可当艺术品摆件。

可是，门前的那些老榆木都不见了，半截都不剩。想必是我弟弟、弟媳拿去当烧柴烧了，便有点生气。不是我舍不得一堆烂木头，而是房前屋后有的是烂木头，大木头也不少，当烧柴烧几年也烧不完。我生气的是,他们跟我那妹夫一样偏偏要烧掉我特意拣出来的那些老榆木。

毕竟是亲弟,得留点情面,我没好意思去问这事儿。正在那瞎转悠,看到屋后的那几堆烂木头还在那儿堆着,心想,说不定里面还能找到一些老榆木,便去仔细寻找,果然,里面还有一些。一会儿工夫,我就又翻出来长短不一的七八截老榆木。上次,跟妹夫也是从这些烂木头堆里找的,他说都找出来了,再一截儿也没有了。显然,他是在糊弄我。也好,他要不糊弄,全找出来了,这下不全给烧了。

正在这时,见侄子从他家里出来,他也看到了我。我叫了一声,他就到我跟前了。我说,你阿嘉(父亲)阿妈把我要用的那一堆老榆木疙瘩都拿去烧了,你看这么多烧柴,他们为什么偏偏要烧那些老榆木呢?侄子脸红了一下,什么也没说,说明的确是弟弟、弟媳干的,我没冤枉他们。

就让侄子帮忙,把刚找出来的那些木头再从台子下面递给我,这次我多了个心眼儿,没敢放在门前,而是直接扛到家里,放在靠门口花园的角上,后来还特意给几个妹妹交代了一声,别烧掉。

过了一会儿,侄子抱着一根木头来了,说是楸子木(海棠木),上面也有我说的那种虫纹,就给拿来了。一看,果然有。虽然,不像老榆木上的虫纹那样深刻清晰,但整个树干的确布满了虫纹。因为木质更加坚硬也放了很长时间的缘故,楸子木上的虫纹比榆木上的虫纹也更加圆润。

楸子木上有虫纹，我以前也是知道的。几年前，我在一根楸子木上看到过虫纹。说来也纯属偶然，一次回家，一棵楸子树的一根树枝断了，吊在那里，看着扎眼，就拽下来。看着曲里拐弯的造型觉得好玩儿，剥了皮，立在那儿仔细打量，就看到了一片很大也很清晰的虫纹。

奇特的枝干造型加上好看的虫纹，就那么立在那儿都像是个物件，便一直保存着，心想什么时候要用它做一盏灯，放一基座，立于书桌旁，夜深人静时，坐在灯下翻翻书，写写字，不时地瞥一眼虫纹，将别有一番意境和滋味。

可这根楸子木不见了，找了好几次也没找到。从那以后，我再没见过楸子木上的虫纹。楸子木也不难找到，去年收拾门前的台子时，还砍伐了几棵半死不活的楸子树，有几根大点的树干造型也不错，记得，当时我还特意拣出来立在砌好的台子下面了，应该还在。跑去看时，也不见了踪影。

乡里人的生活就这点习性不好，只要是放在大门外面的东西，哪怕是一泡牛粪，也有可能不翼而飞，不知去向。也没什么用，却总有那么些人——也就是极少数人或者个别人见到别人家门前的东西，也不管有用没用，总喜欢拿回自己家里。

我说的乡里人是指生活在农村的人，这是一个长期受小农意识影响的特殊群体，贪图小便宜，甚至经常做点损人不利己甚至既不损人也不利己的傻事，是其一鲜明特征，堪称一大陋习。

这样的事，城里不会发生，因为城里人的东西只能放在家里，出了家门，没地方可乱放自家东西。牧区也不会发生，牧人不喜欢把别人家门口的东西拿回自己家里，哪怕那东西原本就没主儿，也不会这样做。他们相信，不属于你的东西拿回去之后，说不定哪一天你还得送回原处。听老人们说，以前此地也很少发生这种事情。我小时候，这种事情也好像少见。

　　现在的乡里却会经常发生，已经见怪不怪了——要是不发生这样的事儿，他们才会觉得奇怪。也许拿回去之后，也一直扔在那儿，有时候甚至会觉得碍事，但他们依然会这样做。觉得只要把它拿回家了，才可放心地继续生活。否则，他们指不定在什么时候还会突然想起这事儿，会一直惦记着，过得就不踏实了。

1月23日　　晴

今天是年三十，每年此日都要赶回老家去上坟的。因为伯母百天祭日，昨天就去上过坟了。今晚，上坟的队伍里没有我。

昨天有好几家都请僧人去诵经，寺上的僧人到下午才来。原本早早上完坟回西宁的，只好往后推。上完坟回来，晚饭已经好了，吃了一碗臊子面，才往西宁走。福来送我回来的，他说反正他也得去趟县城，把我放下再回去，也不耽误事。

回到西宁时，已经晚上8点多了，他再回到县城，把一些事处理完，回到家已经很晚了。他把我放在路边就回去了。到家之后，我给他发了个微信，叮嘱路上走慢点，到家之后记着告诉一声。有点累，我睡得早一点。他可能没留意，一直到第二天也没有消息。

因为伯母刚刚去世的缘故,我在西宁的家里也没打算过年。一天都在写三江源国家公园的书稿。晚饭后出去走路,看到城里的灯都亮着,可能是年三十的缘故,一些地方的灯光比平时还要亮。我拍了一些灯,高架桥上的一排灯照出来正好排成一绺,数了数,又正好七盏。这是个吉祥的数字,我老家佛堂里的灯也是这个数。便发了一条微信,画面上都是灯,都是光明,以此为亲友送去新春的祝福。

回来又接着写稿子,因为新冠疫情袭来,武汉告急,已经夺走了不少人的生命。我没看"春晚"。一晚上都有阵阵爆竹声传入耳中,显然,这满城的人还是在庆祝新春佳节的到来。而此时,武汉正在遭受天大的灾难,已经封城了,有900多万人在城里不能动弹……于是,心情也很糟。

睡觉时,已经大年初一凌晨了。

1月24日　　晴

　　一天我都没有出去。继续写三江源。

　　写累了就读法布尔的《昆虫记》(王光，译)。此书，我至少买过两种译本，当然都是节译本，《昆虫记》(或名《昆虫学回忆录》)原著有十卷，我们所读到的汉译本皆为节译。第一次听到法布尔这个名字是三四十年前的事了，是在北京前门的一个大礼堂里。

　　那天，我去听顾城的诗歌讲座，他讲到了意大利诗人夸西莫多，也讲到了法布尔的《昆虫记》，说这两个人对他的诗歌创作影响最深。从那之后，我一直在断断续续地读这本书，一开始是纯文学意义上的阅读，后来不仅作为文学，也当昆虫学作品来读，最后则只当自然笔记来读。

　　一开始读法布尔，是受了顾城的诱导，后来我几乎不读顾城的诗，一见他的名字，我就会想起一把斧子。"黑夜给了我黑色的眼睛,我却用它寻找光明。"这是顾城的名句,他却没有找到光明,从黑暗走向黑暗。不过,我还读法布尔。一本小册子,读了半辈子,还没有完全读进去,可见我读书之习性,总是浅尝辄止。

今天读的是《结串而行的松毛虫》,倒像是读进去了。这是这本书中篇幅最长的文字,在我看来,可能也是法布尔最精彩的文字。

我喜欢这样的文字:

不言而喻,在这类大规模编队活动中,引路绳是不容忽略的东西,它此时此刻比任何时候都更加不可或缺。全体成员都把自己吐丝器的产品贡献给它,这仿佛成了一条只要前进就必须遵守的成规。没有哪只毛虫向前迈出一步时,不把挂在口中的丝线安放在路上。

如果串连虫队有了一定长度,丝带就会变粗,正好便于毛虫们摸找到它。有一点应该注意到:行进中的毛虫,从来不会调头返身,它们绝对想不到在自己的细绳索上,做一百八十度的大转弯。

为能按来路返回,它们必须先吐出一条迂回到来路上去的丝带。迂回路线的曲折程度和回转弯度,都是由队长一时一己之情绪决定的。正因为如此,虫队时而摸索,时而游移,有时甚至一筹莫展,结果害得整群毛虫都在家外过夜……

如此细致入微的观察和生动描述，自法布尔之后，似乎已无人能做到了。

晚上又出去走路，发现城里的很多彩灯和霓虹灯都灭了。当然，与新冠疫情有关。于是，又对这座城市生出些感动来。

4月13日　晴

锁子与摄像头

几个同学要去看看我新盖的那几间房,前天回了一趟老家。

路上,我对同车的永俊和老程说,家里没人,如果还是前面用的锁子,我倒是带了钥匙的。如果又换了锁,我们就进不了家门。从去年,盖好房子有了院门、可以锁门之后,我经常发现门上的锁子换了已经不是一次两次,而是很多次了。到底换过几把锁,我已经不记得了,也许有五六次吧。我身上带的钥匙至少也有两三把,还有一两把,知道没用,就没再随身带着了。

到家时,大老远看到门前的花园里有一群人,感到奇怪。及至走到门前,才发现他们在翻地。去年盖房子,今年遭遇疫情,我都没顾上拾掇院子,杂草疯长,有几次回去时,荨麻及灰灰菜长得比树还高。人进到院子里，杂草甚至能挡住视线，像走进了一片丛林。

我也一直记挂着这些杂草，想稍有空闲，今年一定得翻翻院子的地，别让花园变成了一片杂草地。觉得，花园里长满杂草并不在我的计划之内——像理查德·梅比说的"宏伟大计"一样。其实，我并未有什么宏伟计划，只想让特意种植的那些树木花草长得旺盛一些。可如果一直不作打理，长得最旺盛的肯定会是杂草，至少几年之内是这样。几年之后，等那些树木再长大些了，树枝伸展开来，树冠盖着了大片土地，也许杂草再也旺盛不起来了。

理查德·梅比写过一本书，书名就叫《杂草的故事》。一本有趣的书，一个朋友觉得我喜欢，特意买了送给我。梅比要是见识过我花园中的这些杂草，也会叹为观止。他在开篇就写道："倘若有什么植物妨碍了我们的计划，或是扰乱了我们干净齐整的世界，人们就会给它们冠上杂草之名。可如果你本没有什么宏伟大计或长远蓝图，它们就只是清新简单的绿影，一点也不面目可憎。"

如果抛却了人类社会的成见，杂草的面目的确一点也不可憎。它们也是一派繁茂葳蕤，也是一派绿意盎然，且品类繁杂，可谓地球植物家族中蔚为壮观的存在。如果不是为了那些人而培育的观赏植物，我也许会让这些杂草由着自己的性子一直疯长。至少整个夏天，一座长满杂草的花园也会有一番别样的景致，那是任何其他景致都无法替代的。只是到了秋天，长满杂草的花园就会败落，一片杂乱。到了冬天，更是一片萧条。它会使人想到荒芜和凄凉。

我在《野草疯长》一文中曾专门写过这些杂草：

有一天，我心血来潮，找一个地方坐下，划出一米见方的一片野草地，想数一下那一小片草地上生长着多少种、多少株野草。结果令我大开眼界，那样一小片地方，能分得清、也数得过来的野草种类大约有三十种。而其植株数量，在短时间里，你是怎么也数不清的，每次数到几十上百株的时候，你的记忆总会出差错，记不清左边或右边那几株野草是否已经数过。除非，你把它们一株一株全部挖出来，尔后，仔细分拣和统计，否则，你永远也不会知道一片一平方米的土地上到底有多少株野草。于是，作罢。

杂草的世界远比你所能想象的要神奇得多，看上去杂乱无章，实际上，却也秩序井然。杂草有杂草的秩序，高低错落，疏密有致。

杂草的世界里不止有杂草，那也是各类虫子的乐园。因为杂草丛生，正好给虫子的繁盛提供了天然屏障，它们可以无忧无虑甚至无所顾忌地生活在杂草的密林中，尽享天伦和自由，却不受任何打扰。一片杂草繁茂的土地，就是一只虫子的世外桃源。

当你俯下身，用手轻轻拨开一簇青草，使地表裸露，你便会看到，一群受到惊吓的微型丛林土著，正惊慌失措地逃离它们的家园。它们飞快地窜入周边更广袤的杂草丛林地带，等待紧张的情绪平复。你也许没有意识到,就这么轻轻地一拨拉,对这些虫子而言说不定是一次突如其来的灾难,是飞来横祸。

对于居住在泥土里的那些虫子来说,倒不至于造成太大的财产损失,但对那些将居所建在草叶和草茎上的萤虫和飞虫来说,却有可能是灭顶之灾。它们的房屋倒塌,围墙被毁,各种用细线架设在空中的防御、交通运输和通信设施瞬间瘫痪……为此,它们要么迁徙他乡,要么得花费很长时间重建家园。也许,虫子世界区域性的社会组织结构以及双边多边关系、地缘政治、防御战略也将因此需要重新架构。

院子里翻地的很多人都是熟人,跟就近的几个人握手问候。其中一位是家族里的爷爷,岁数却跟我差不多,说不定还比我小几岁呢,看着就比我年轻。他也来帮我拾掇花园,除杂草。一个家族的历史如果超过百年,几个轮回下来,长子、长孙的后代辈分越来越小。我也属长子、长孙的后人,曾祖辈最小的弟弟身后一大串半大不小的后人都成了我的爷爷。

现在都到了一定岁数,也明白是怎么回事儿。小时候不大明白,一个比自己还小的毛孩子怎么会是我爷爷呢?一个家族的历史越长,辈分落差越大,族内的称呼就庞杂了,三四代以内还好。再往上或往下排,超过曾祖就不知道怎么称呼了,只能每上一代加一个"曾"字,每下一辈加一个"重"字。

我们管曾祖父曾祖母叫太爷、太太,再往上,每一辈逐一加一"太"字,叫太太爷或太太太,再加,就难以叫出口了。

比如，太太太太太爷，或太太太太太太……真叫出来，人听了，会以为你结巴。某种意义上说，人类亦如杂草——当然，就像杂草有杂草的秩序一样，人类也有人类的秩序。只是人类通常不叫秩序，叫伦理，伦理也是一种秩序。有了这秩序，无论有多少代人，辈分都不会乱，往上只管逐一加"太"字，往下过了重孙辈，又逐一加"重"字，每多一"重"字，辈分就小一辈，最后，就成重重重重重重……重孙了。

我半开玩笑地问："你们怎么想起来给我翻地来了？"我那位岁数可能比我还小的族内爷爷也用玩笑话回答："我们想你老是不在家，看着地里长满了杂草，没人翻地，就来了。"完了才说，是福来叫来的——真是有心。从去年到现在，福来为我这几间房子和门前院子忙乎了整整一年，每次想起，心里总是过意不去。

却不见福来。以为他在家里面，门却是锁着的。门上的锁的确又换新的了，是一把没见过的黑锁，显然又新买了一把。我对几个同学说，果然，换了锁。大家就笑。再一问，说福来才锁上，走了没一会儿，赶紧打电话，让他回来开门。

一把钥匙开一把锁，尽管我带着好几把这门上的钥匙，却打不开这把锁。

福来没走远，很快就回来了。他把钥匙给我，打开门进去，转了一圈，在新房里找地方坐下，喝了一口茶就离开了。永俊说，他侄女在附近大河家开一家餐馆，说是不错，一行人就去那里吃午饭了。

刚到餐馆坐下，福来打电话来问，门上的钥匙放哪儿了？我说，不在锁子上吗？他说，不在。一摸，在我口袋里。就告诉他，一会儿回去时放下。可吃完饭他们要直接上高速去县城，送钥匙就上不了高速，或者上了高速还得下来。我就把钥匙放在官亭福来大舅哥的商铺里，打电话让他有空去取。

原本想当天回来的。同行者中有位汪少林先生，出身名门的中医世家，祖上出过元朝的王爷，为一代名医，供职于中国人民解放军总医院，被誉为"舌尖上的中医传奇"。曾给多位好友医治调理身体，给我开过调理脾、胃、肝和心脏的方子，这次又开了一方。看配伍药名，与前面的方子有很大不同，同样的药只有一味：柴胡，9克。疗程也有所变化，20天减为半个月，上次是20副，这次是15副。

第二天，汪少林先生要离开青海。大家都认为，应该在县城再续小聚，与先生话别。先生食量、酒量惊人，一天只睡三四个小时，精力还旺盛得不得了。且涉猎广泛，席间曾笑谈李白、杜甫，见地不俗，相谈甚欢。幸甚至哉！

前天就没回来，昨天上午才回到西宁。有点累，歇息一日。

今天一早，都市报编辑王十梅女士发来有关玉树的一则访谈文字，让我对自己的言说措辞再加斟酌。逐字过一遍，改了几个字，加了几个字，回复，不细究。复述的访谈文字就像是译文，粗看，每一句都像是你亲口说的，再细看，又不是你的原话，而原话又改不回去，语境变了，语气也变了。当了一辈子记者，我写别人的那些访谈想来也是这样。

后又接到单位人事部门的电话，让我整理一则个人事迹材料，说是省人才办要。不敢拖延，找出一现成文字，稍加收拾，发过去，大半天没有了回音。

　　这时，收到福来一条微信，让我下载一个视频软件。以为是发错了，过一会儿，他又发一条，说正在给家里装摄像头，下载后就能看到家门前和家里面的实时画面。我说，下载需要密码，我手机无法下载，等儿子回来问了密码才能下载。这几年，我手机上下载个小程序什么的，都无法正常操作。

　　前一阵，显示的都是我宝贝女儿的邮箱，我也不知道密码，后来她告诉我密码了，依然显示错误。问她，她说也不知道是怎么回事儿。一次，女儿告诉我，她用我的银行卡买了个小东西。我问她你怎么完成这个操作的？她说，很简单，在支付宝绑定你的银行卡就成了。儿子和我用同一个牌子的手机，他帮我在他手机上下载一个程序，转给我，可以打开程序了。可从此我手机上显示要输入的密码又都成了儿子的。我所有的秘密好像都在儿女手里，我自己却并不知情。

　　福来又提醒，说不要密码。我就开始下，折腾半天，弹出一小框，显示的还是儿子的邮箱，提示输入密码。问儿子密码，输入，显示错误。截屏给儿子，他说第一个字母大写。终于下载完成，可是半天找不到从什么地方打开进入视频画面，又折腾半天，进去了。看见院门口有人走动，看到家里面有两个孩子玩耍。

　　我从几百里之外，能看到老家宅院的实时现场，像是时空穿越，想想，都不可思议。福来让我说个话，看他能否听清。我试着点了一下图上的话筒标志，说了几句话，里面传来他说话的声音，说能听见。看来，从此以后，无论在什么地方，我都能看到老家的宅院，院子里落下几片树叶也是能看见的。

过了几个时辰，再看，门已经关上了，门前和院子里面都不见人影。到傍晚，又看了一眼，因为光线暗下来了，地面和庭院里也没有白天那么亮了。门口不远处的路灯却明晃晃的。突然听见"扑棱棱"的声音，定睛看时，一只喜鹊飞过门口，落在了门前的核桃树上。

从此，我的日常又添了一项生活内容，看监控视频，监视我自己的家园。

锁子是用来锁门的，是为了安全。锁子代表传统，而摄像头则代表新事物。摄像头是用来监视的——当然也是为了安全，或者是因为越来越感到不安全，才感到监视的必要。现代人类越来越喜欢监视，既监视别人，也监视自己的一举一动。现代科技又恰好极大地满足了人类社会这一普遍的心理需求。

生活就像个万花筒，光怪陆离，而人类的好奇心就像一架望远镜或显微镜，永远不知疲倦——也许随时随地都有一双好奇的眼睛盯着你看。

这两年突然发现，城里有人开始喜欢偷窥别人的生活。这场景以前只在影视画面中看到过，现在却出现在自己的生活中。也许你没留意过，我注意到对面楼上某一个窗户里，一男子总拿一架望远镜,对着别人的窗户看,大多是在晚上。也不知道出于何种心理,但这一发现却让我毛骨悚然。细细一想,也无妨,让他偷窥好了。比如现在,我正写字,也许得好几个时辰,他要看,就耐着性子看吧。要是他能看到这段文字更好,说不定会有治愈的效果。有句老话说,作家是灵魂的工程师,我的确相信,好的文字对灵魂有修复作用。

可我要监视谁呢?是别人还是自己?以后,我从世界的任何一个地方都能实时监视老家的宅院,如果看到门前有个人走动,我可以把画面放大,看那个人是谁。一般来说,这个人一定是熟悉的,大多应该是族内之人。他要只是走走还好,要是干点什么让你不高兴的事,你又当如何?是视而不见呢,还是大声呵斥?似乎都不妥。

明明已经看见了,无法做到视而不见,进而它就会影响你的情绪,让你不舒服。如果是个顽皮孩子,大声呵斥也无不可,如果是大人,是长辈,就不能这样做。如此想来,这好像是给自己找不痛快。但是,可以肯定的是,从此我老家宅院里就有一个摄像头了,确切地说是两个,一个时刻监视着门前,一个则密切注意着庭院里面。

尽管是自己找来的不痛快,可我还是不会把它给拆了。有些事情就是这样,你可以没有这些东西,可一旦有了,即使明知它有害无益,也会任其存在下去。这是一种无比强大的惯性力,它会一点一滴地改变你的生活,你却浑然不觉,像温水里煮着的青蛙。

很多新技术的产物无不如是，电视、电脑、手机终端、电子游戏、微信等，在给人们提供海量讯息、便捷服务和消遣娱乐的同时，也无时无刻不在耗费着宝贵的生命时光。人们不但没有弃它们而去，反倒日益依赖，乐此不疲，甚至人生日常自由都已被这些东西绑架。李白唱道："弃我去者，昨日之日不可留；乱我心者，今日之日多烦忧。"别以为这只是轻狂之言，它包含真理。

刚开始，我排斥手机，用上了，须臾不可分离。后来又排斥电脑，现在没有电脑自己已经无法写作，甚至无法正常思维。没用手机之前，我身边的朋友一直有串门的习惯，自从有了手机，隔三岔五通个电话，算是见过面了。可很多朋友现在住在什么地方，家里什么样子，门朝哪个方向开，都不得而知，人情就淡了，情义就少了，生活的味道就薄了。

世界就是这样发生深刻变化的，而人们却乐于被动地接受这样的改变，如不仔细清点，没有人会发现我们究竟失去了什么，或失去了多少。我感觉，与已经得到的很多东西相比，失去的东西也许更加珍贵，比如情义。

就说这摄像头，你可以接受一直没有它的日子，以前所有的日子都是这样过来的。可你无法接受有了它之后无视其存在的日子。因为，你知道它存在。它甚至会发出警报信号，强制你关注它的存在。可想而知的是，你一旦从画面中看到什么动静，你查看的次数会越来越多，频率会越来越高，为之耗费的时间也会越来越多，为之生气乃至大动肝火的事说不定也不可避免。

而新事物还会不断涌现,令你头疼不已。

日子自然也会继续……

4月15日　　晴

昨夜梦见伊丹爷了,一个去世多年的族内先人。

他也是我家族的一位爷爷,岁数比我父亲小一轮,比我大不了一轮,却是我爷爷。从血缘远近关系看,他跟我的生命产生直接联系至少当是四代以前的事,说不定是五代以前。

因为,按辈分,他是我爷爷的堂弟,但也不是亲堂弟,是隔了两三代的。他只有一个亲哥哥,而亲堂兄弟还有两个,堂兄岁数跟我父亲差不多,堂弟尚在人世,刚过70岁吧,养了一群羊,每天在山上放羊,上山下山地走动,身体还算硬朗。他们算是一个大家族中的小家族。

以前附近还有两户人家——现在分成五六户了,家中老人也都是我爷爷的堂弟,听族内人说,这两位老人相对于伊丹爷他们几个,跟我爷爷的血缘更近一些,但也不是亲堂弟,也是隔了一两代的。所以,伊丹爷当是我远房的祖辈。

我记事的时候,伊丹爷还是个小伙子,他哥哥也是个年轻人。按他们的年龄,父母亲应该都还在世,可是他们的父母亲都不在了。据说,他们很小的时候,我那远房的太爷、太太就撇下他们离开人世了。怎么离开的,我没问过,也没听人说起过。

伊丹爷弟兄俩就成了我们族内的两个孤儿,住在祖上留下的几件破旧房子里,也当是他们家的祖宅。那房子紧挨着我家老祖宅,后墙就是我家老祖宅的院墙,从两家房屋的摆布也能看出,两个院落倒像是亲兄弟。

那房子共四间,坐北朝南,西头两间中间隔墙有个小门洞,一个大人低头才能进出。门洞上没有门,有时挂一片麻布当门帘。把头是厨房,进入门洞是兄弟俩的卧室,盘着一不大不小的火炕——记忆中,那炕一直烧得很烫,有几次还把炕上的毛毡给烧着了。从那小门洞一进去,一年四季都能闻到一股呛鼻的炕焦味儿。

四间房子只有一个门,是一个单扇门,安在厨房的墙上。有炕的那间朝廊檐只开了一个小窗户,窗口很小,四四方方的有半张对开报纸那么大,加上墙体厚实,也影响到采光效果。即使大白天,屋里也很暗,窗户里只透进来一束微弱的光亮。其余两间屋子,中间一间敞开着,既没墙,也没有门。后来中间一间的后墙也倒了——那也是我家祖宅的院墙,便与我家老祖宅之间形成了一个大窟窿。我记得,冬天常有几只山羊从那墙窟窿里跳进跳出。东头一间堆着一些当燃料的柴草,没有柴草的时候,就空着。

这就是他们弟兄俩的家,没有院墙和院落,也没有院门,早前应该是有的,当是后来落败后才没有的。他们家就那样敞开着,没有任何遮拦,成了免费向村里人开放的活动据点。他们住在那里的时候,还是人民公社时期,村里人都参加生产队的集体劳动。全生产队的男女老少白天都在一起,一边劳动一边开着玩笑,谈天说地。每个人都搜肠刮肚地说着世世代代稀奇古怪的事,说完男人说女人,人世间的说罢,妖魔鬼怪登场,三百六十五天永远有说不完的话题。

晚上收工回到家里,吃完晚饭,一抹嘴,睡觉还早,又无事可干——所有能干的事都是生产队集体的事,都是要队长安排的,家就是个吃饭睡觉的地方。那时候又没有电视,家家户户的廊檐柱子上倒是挂着个有线广播匣子,可里面播放的几乎都是公社书记战天斗地的讲话——我感觉,每一个讲话一直要连续播放十天半个月的,接着是又一次讲话,一年四季,如此循环往复——他们就会想起白天的话题,便纷纷出门,人影绰绰,往这几间房子挪动,继续白天未尽的话题和兴致。那情景就像是基督徒或天主教徒准时走向教堂,去接受教诲。

因为,晚上的聚会仅限于男性社员,所谈论话题也不受场合局限,一群男人像是回到了原始丛林,重新变成了野人。所说的话也都没了缰绳,不着边际,也没有分寸,但凡出口,都奔着一针见血、一语中的，句句都挥洒着酣畅淋漓，都在黑暗中透着光芒。一群男人挤在一个狭小的空间里，炕上坐满了，蹲在地上，或人贴着人靠墙站着……

一盏昏暗的煤油灯摇曳着，忽闪着，感受着一群男人呼啸粗野的生命气息。这气息中混杂着汗臭味、尿骚味、旱烟味、狐臭味、脚臭味、炕焦味、打嗝味和臭屁味，将满村庄广大男社员同志们所有的气味和各家各户独有的气味都集合在一起，将它调和成了一种举世罕见的村庄气焰，在深夜里奔腾汹涌，席卷男人布满血管的胸腔。那一刻，他们不分阶级，贫农、中农、下中农、富农、地主家的男人都在这里，好像夜色给他们提供了一个彼此可以不分高低贵贱、也看不见仇恨的奇妙场合，使他们脱胎换骨或者鬼魂附体，变成了另一个自己——我后来觉得，这些男人都喜欢自己在那间小土屋里赤裸裸的样子，从骨子里讨厌他们白天大模大样的那副德行。

很久以后，我感觉，那个时候村庄里长大的每一个男人都是在那间破土房里受到了有关人性最根本的启蒙和教育，以至于每个从那村庄里走出去的男人身上都带着那些夜晚村庄深刻的烙印，即使走到天涯海角，举手投足的不经意间都会想起那些夜晚。从很久以后回望，那几间破土房俨然是一座只为男人开放的教堂。

言归正传，说我梦见了伊丹爷。梦里的伊丹爷走在土巷道里，他走路的姿势还是那样，左右摇晃得厉害。好像他脚上穿的不是鞋，而是绑着一根粗壮的铁钉，或者他的双脚就是两根长长的铁钉，每迈出一步，那钉子就会深深戳进地里，得使劲才能拔腿迈步。看他的衣着，已经是生产队时代以后了，他身披一件蓝色涤卡外衣——从那之后，他好像一辈子只穿这一件衣服，再也没穿过别的。他总是披着衣服，背着双手，好像套着袖子会让他不自在。这样你总是看不到他的胳膊和双手，不知道的人还以为他没有手。

梦里只有这个画面，他在巷道里走。好像也没走几步，突然就从巷道里消失不见了。梦里，我也没多想，对他的突然消失也没感到丝毫奇怪。

我不记得，那几间屋子不在了的确切时间，大约是农村土地承包到户以后几年的事，那几间房子就不见了。这期间发生的一些事，我还是记得的。我家门前不远处是以前生产队的仓库，院子比很多庄廓都大，没了生产队，无须再有仓库，里面差不多有一亩地，后来成了我家的承包地。仓库里生产队的房子还在，也已经很破旧了，但比伊丹爷家那几间房子要好一些，至少结实牢靠，父亲就让伊丹爷弟兄俩住在里面。

伊丹爷家房子前面，之前一直是生产队的一个打麦场，承包到户以后成了伊丹爷家的承包地。没几年，他弟兄俩不种地了，转包给我一个堂叔种。堂叔住在我家老祖宅里，那几间房子不在了之后，堂叔把原来祖宅的院门从东面挪到了西面，就在那几间房子的位置。拆掉的旧大门，在以前，算是一座气派的院门，用大青砖砌成，门柱和门头的青砖上还雕着花，拆了有点可惜。多年之后，我捡到一块从老院门上拆下的大青砖，保存起来。

从此，伊丹爷家就彻底不存在了。又过了几年，伊丹爷弟兄俩都相继过世，堂叔通过调换把门前的打麦场变成自己的承包地了——这是后话。

伊丹爷弟兄俩一生均未娶妻生子，弟兄俩相依为命过了一辈子。去世的时候岁数也不大，都是60岁上下。因为是孤儿，无论是大集体的时候还是承包到户以后，村上和乡上都多有照顾。哥哥曾被送到一煤矿当长期工人，可以靠工资生活。没几年，矿上发生小事故，受了伤，下不了矿井，回家了，让弟弟伊丹爷去顶替——那时候，这样的事被视为正常，弟弟顶替哥哥、儿子顶替父亲从业的事时有发生。去煤矿上班，人换了，名字还没换。

一次我去煤矿找伊丹爷，问伊丹，没人知道。找到一同乡矿工，才知道，他在矿上用的还是哥哥的名字。这样，他在矿上就彻底成了哥哥的替身，连自己的名字也没有了。只有回到老家，回到族人中间，才能以自己的名字活着，还是我们的伊丹爷。他哥哥死了以后，煤矿给他发工资，写的还是哥哥的名字。

刚顶替哥哥去煤矿那几年，赶上改革开放，煤矿生意红火，他的工资也不少，日子过得比大多数村里人要滋润一些。可没几年煤矿效益日渐变差，国有企业改革改制成为趋势，裁员在所难免，他便成为国有企业有规模提前买断工龄退休的一员，回到老家，依然住在生产队仓库的房子里养老。退休后的工资一下降了很多，但养活自己还是不成问题。

其实在他退休之前，煤矿的日子比他还艰难，经常发不出工资。有一年春上，他带一个金老板到我宿舍说，他要跟那个人去淘金。果然去了，后来又独自逃了出来。据说，在金窝子（采金点）老板发现有人偷了他的金子，把大伙强制聚在帐篷里准备搜身，伊丹爷也在里面。老板还没说话，伊丹爷说内急，要出去一下。老板看他光着脚，连鞋都没穿，不会有假，就让他出去了。

一出帐篷，闪过一侧，他便赤脚奔向荒原深处。要知道，一个人要在毫无准备给养的情况下光着脚走出那冰天雪地的大荒原，除了找死的人，定是一个赌命的人。他是后者，他赢了，捡回一条命，捎带也捡回来一疙瘩金子。据说，双脚因此被严重冻伤，留下了病根。也许是听了这故事的缘故，我感觉从那以后，他走路时摇晃得更厉害了，两只脚戳进地里的感觉更夸张了。

他退休回到老家时，哥哥已经不在了。伊丹爷继续为两个人活着，领取退休工资时，他是哥哥，用那点钱维持生活的时候，他又成了弟弟，像是哥哥死了以后还在养活弟弟。

伊丹爷原本可以独来独往、无忧无虑地度过余生，他人生的变故与两次非正常"婚史"有关。之所以说非正常，是因为两次"婚史"均无合法手续，一翻脸，人家都不认账。想来，都与他手中的那点退休工资有关。早些年，他还在上班的时候，一次他带一姑娘来单位找我，见了面就介绍说，那姑娘是我姑，正在念大学。虽然有点尴尬，我还是接受了，叫了姑。不用问，我也知道，他有个家了，成家时，人家带了孩子，孩子已经长大，要上大学了，需要他来供养。不过，我还是为伊丹爷高兴，哪怕是象征性的，那也是个家。

后来，他回老家住下来，不走了，大家都猜，那个家没了，想必那姑娘也大学毕业了。他一个人在村里孤独地过了多年，整天用力戳着两只脚在巷道里走来走去。在自己家门口，他也像一个流浪汉。

一次回家时，巷道里不见了伊丹爷的身影，一问才知道，他又成家了，到不远处的一个村庄里做了上门女婿。这次，我倒是没有高兴，一个老汉去人家门上生活，就得看一家人的脸色，那日子不好过。逢年过节，他还回来，一看就知道过得不容易。果然，那日子不长。

一年春节刚过，族内一个堂叔打电话来，说伊丹爷死了。死在不远处那个村庄里。要是正常死亡，也算解脱了。可族人觉得他死得有点蹊跷，死因可疑。堂叔打电话给我的意思是，看有没有公安部门的熟人，给他们说说，我们不要他们颠倒黑白，只想让他们秉公执法，如果死因确有疑点，希望能澄清事实，给大家一个说法。我的确找了人，办案人员在电话里说，是意外身亡。

他死在一个高高的田埂下，前一天下过雪，田埂和地里还有厚厚的积雪。有积雪的田埂上有他坠落时留下的痕迹。

族人怀疑,他是死亡之后,被人从那田埂上扔下去的。可办案人员说,他是不慎失足掉下去摔死的。对这两个结论,我都不敢再妄下结论。亡者为大,入土为安,过了多年,更是不要妄加猜测为好。至于真相,已经不要紧了。或者,他自己知道真相足矣,别人并不在乎真相。别人在乎的其实是真相之外的东西,比如赔偿什么的。他原本孤身一人,一个人来,一个人去,了无牵挂,我等后人,又牵挂什么呢?

从他后事的料理中听到的一些话判断,我更确信,人们要的不是真相。今早醒来,想着梦中的那个影子,我突然特别想念伊丹爷。

他是个孤儿,小时候是,一辈子都是,死了也是。可亲族还在,且人口众多。一般来说,亡人如果没有后人,血缘最近的晚辈应该负起后人的责任,为其送葬。可没人出面尽其孝责,其他族人心知肚明,也不言语,那就大家一起把亡人葬了吧。可是依照习俗得在家祭奠三日后方可安葬,问题是在谁家祭奠呢?当然有合适的人家,可人家自己不说,你总不能抬着一死人闯进人家家里去祭奠吧。众族人窃窃私语一番之后,就停尸村外,不进村,不进家门,三日后火化下葬。

那时,我小妹也在老家。那天,我父亲忙乎完这些回到家时,妹妹问父亲:"伊丹爷去谁家了?"我父亲笑了笑回答说:"谁家也没去。"末了,又补一句:"你伊丹爷在湾子的树上打秋千呢。"

湾子是村庄边上的一个小山洼,是一片水草地,生产队时将之辟为林地，栽了一片杨树。经过多年，那些杨树已成参天大树。就是说，族人把伊丹爷的遗体吊在湾子的两棵杨树上了。遗体不能放地上，得防野狗什么的会去撕咬，最后大家决定在两棵树之间高高拴几条绳索，像吊床，也像秋千，然后把伊丹爷吊在上面，风一吹，树一摇，像是一个人在树上荡秋千。

我父亲一辈子说过很多至理名言，这一句是最精彩的。

我曾说过，此生如果写小说，我一定用父亲的这句话做开头写一部小说。小说能否写成经典不好说，但这句话绝对是经典的小说语言，堪比马尔克斯《百年孤独》的开头，世间万象都在里面。

父亲弥留之际，也曾梦见伊丹爷。那几天，他多梦，梦见的全是村子里已经过世多年的人。也可能不是梦，是幻觉。因为说起这些人时，他并不在睡眠状态，而是醒着。他会一直盯着一个地方看，完了说，他看到伊丹爷在巷道里走，或者看到另外某个人从谁家里出来了——都是村里死了多年的亡人。他就坐在自己家的炕上，不可能看到这些。要么是梦，要么是幻觉。

死了之后的伊丹爷，从我父亲的梦里又走进我的梦里，都是在那土巷道里一戳一戳地走。像许多年之后的奥雷里亚诺·布恩迪亚上校走在只有二十户人家的那个叫马贡多的村落。

作为一个人，伊丹爷可以说活得很失败，但要作为一个文学人物形象,他却足够丰满,甚至光彩照人。荒诞不经,满口谎言,看上去,慷慨无畏,实则狭隘自私。扭曲、无赖、流氓、奸猾、狡诈、无耻、愚蠢、猥琐……都在他身上得到完美呈现,像是一双无形的手用极度夸张变形的手法将这些不可调和的元素奇妙地装进一个血肉之躯里,刻意并精心塑造完成了伊丹这件作品,像一幅漫画。

他简直就是个虚构的人物,从未真实存在过。

这哪里像是在写一个自己过世多年的族内先人,更像是在刻画一个丑陋的灵魂。也正因为如此,从他身上我看到的也恰好是自己的丑陋。

4月16日　　晴

　　昨夜，我被一只蚊子叮醒好几次，没有睡好。
　　有一两次被叮时，我并未醒过来，却能听见耳边有"嗡嗡"的叫声，下意识地抬手扇了自己一耳光，蚊子没打着，却把自己扇醒了。醒来之后，头里嗡嗡响，半晌睡不着。翻了个身，刚睡着，"嗡嗡"声又响起，再一耳光扇过去，左半边的头也嗡嗡响……
　　早上醒来，额头和手臂上鼓着好几个疙瘩，红红的一片。
　　昨夜这只蚊子当是庚子年的我所遭遇的第一只蚊子。西宁庚子年的春天才开了个头，才公历4月中旬，蚊子已经来了，这一年，我和我的宝贝女儿怎么熬啊？我们都爱招蚊子，如果一间屋子里挤满了人——平时那些人也爱招蚊子，可只要我和我女儿在，蚊子就会放过那些人，只叮我们两个。

早年，一群人在广州，深夜入住一酒店大房间，三四张床上都挂着蚊帐，同行者都面有惧色，是夜恐难以入眠。早上睁开眼睛，他们都惊呼：奇怪，这里的蚊子不咬北方人。透过蚊帐帷幔的缝隙，我看到他们的蚊帐光鲜洁白，而我的蚊帐却是黑压压的一片，上面挂满了吃饱喝足的蚊子。那一夜，满屋子的蚊子都来叮我一个人，使我遍体鳞伤，惨不忍睹。

今生今世，即使在没有蚊子的寒冷季节，一想到蚊子，我都会心生恐惧。一想到蚊子，我一般也会想起一则笑话——后来这笑话先在我的朋友圈里广为传播，后又扩散至圈外，起源地有两个，一个是我，另一个当然是最初讲笑话给我听的那个朋友。

据朋友的讲述，这是真人真事，故事就发生在他一个同事身上。他同事好酒，每天不喝上二两，心里就急，就六神无主，坐卧不安。但是，老婆反对他喝酒，每天晚上，他一回家，一闻见他身上的酒气，他老婆就开始唠叨。他只能装聋作哑，像没听见。可是，那唠叨会继续。有时候，睡梦中，他都能听见老婆的唠叨嗡嗡嘤嘤地在耳畔回荡。

一天早上，见他在办公室无精打采、垂头丧气的样子，朋友问，怎么了？他说，没睡好。再问，他先捶胸顿足，后慷慨陈词："这世上我最讨厌两种动物，一是鸟类中的蚊子，一是人类中的卓玛。"朋友大笑，他把有翅膀会飞的动物都当成了鸟类。复又问："卓玛是谁？"答曰："我老婆。"

可见，除了我和我女儿，怕蚊子者还大有人在。

以前青海大部分地区没有蚊子，长到二十岁，我从未被蚊子叮咬，倒是偶尔被蜜蜂蜇过，也被别的虫子——比如跳蚤和血吸虫咬过的，尤以跳蚤为最。二十岁之后求学于北京，没想到遭遇人生第一波蚊子。宿舍里的同窗来自天南地北，换过几次宿舍和室友，无论居于何处，与谁相伴，深夜满屋子飞蹿的蚊子都会循着体味朝我扑咬。整个夏天和大半个春秋季节，每天早上醒来，我都被咬得体无完肤。那漫长的日子里，我满脑子都是蚊子嗡嗡嘤嘤的吼叫声，心神不宁。

　　后来，南方一同学教我一招，在床头随时准备一块肥皂，如果蚊子来咬，就让它咬好了，感到奇痒难耐，就对着肥皂吐口唾沫，用肥皂涂抹奇痒处，少顷，奇痒自然消失。一试，果然见效。就去道谢。同学说，这没啥稀奇，蚊子叮咬时，把一种酸性液体留在了人体里，肥皂是碱性物质，一抹，酸碱中和，就不痒了。

　　后来，听北京人说，以前北京，蚊子也少见，有，也是大蚊子，而不是那种专门叮人的碎小蚊子。他们说，这种碎小蚊子都是南方移民，随人口的不断迁徙带过来的。

　　参加工作以后，很多年里，西宁都没有蚊子，单凭这一点，我就喜欢西宁。没蚊子，一年四季，都能睡得安稳。因为当记者，四处去采访，才发现，青海不少地方也是有蚊子的，尤以西部柴达木诸地最为繁盛，有"三只蚊子一盘菜"的民谣流传，可见此地蚊子体格之壮硕。青藏铁路举行开工典礼前，为防蚊子叮咬参会嘉宾，格尔木曾出动飞机，轰轰烈烈地组织空战灭蚊。其时，鄙人就在现场。

但是，一直到20世纪末，西宁几乎没有蚊子。西宁有蚊子叮人也是近十几年才有的事，也是那种碎小的蚊虫，也是那种嗡嗡嘤嘤、喋喋不休的蚊子。以前也是到了盛夏，天气炎热的时候，它们神出鬼没的身影也才偶尔从眼前飞过，耳畔才会有嗡嗡之声。今年这才4月，附近山上阴坡冬天的积雪都还没有融化，它们就已经出现了。

蚊子是知冷暖的，它这么早出现在西宁的夜晚，不是它的感官知觉出了问题，而是西宁的夜晚本身出了问题——西宁的气候变了。也就是说，现在西宁春天的地面温度已经接近以前夏天的温度。蚊子发现了气候的变化，就提前飞来西宁，活跃夜晚的气氛，让西宁人早早感觉到它的存在。

三十年以前，每年春天到5月初，西宁的树木才开始长出绿叶，这两年到4月初就全绿了。春天来临的时间整整提前了一个月。

三十年前，每年秋天到10月中旬，西宁所有的树叶就已经落尽了，这两年到12月初，节气已临近大雪，柳树的叶子还没有完全落尽，甚至还绿着。冬天来临的时间整整推迟了一个半月。

三十年以前，冬天的青海湖边一般很难看得到白天鹅，因为，每年它们飞临青海湖的时间都是在冬天来临之前。这两年，它们每年经过青海湖的时间却越来越晚，因为，它们从遥远的巴音布鲁克起飞南迁的时间越来越晚了。它们要等到冬天来临之前才开始迁徙,而那里冬天来临的时间也越来越往后推迟了。到青海湖游览观光的游客们就欢呼雀跃,就兴高采烈。

对生活在这座高原古城里的人来说,这可能是一大喜事。因为,地处青藏高原,这里的冬天曾经异常寒冷,现在冬天越来越热了,寒冷的季节越来越短了。但从长远看,这绝非吉兆。

到了秋叶飘零的季节,树叶还不凋落,那肯定是季节出了问题,而不是树木不知冷暖。一只候鸟或蚊子,总是在不该飞走的时候飞走,不该飞来的时候飞来,那也是气候出了问题,而不是候鸟和蚊子。

《不列颠百科全书》(卷11)的记载:蚊(mosquito),双翅目蚊科昆虫,约2500种。因雌体吸血而为重要的医学昆虫。传播黄热病、疟疾、丝虫病和登革热。蚊体细长,覆盖鳞片;足细长、外观脆弱;口器在长吻内。雄蚊触角丝状,触角毛一般比雌蚊浓密。雄蚊食花蜜和植物汁液,雌蚊有时亦食,但多数需吸血一次后体内的卵才成熟。不同的蚊种对寄主有不同的偏好,但多种情况下并无严格限制。卵产于水面,卵化为水生的幼虫(孑孓)。幼虫以急促扭动动作游泳,以藻类和有机碎屑为食,少数肉食性,甚至食其他的蚊。蚊蛹与大多数昆虫不同,能活动,靠胸部的呼吸管呼吸。成蚊从蛹壳钻出后立即交配。寿命依种类而迥异。蚊似乎为寄主的湿气、乳酸、二氧化碳、体热及运动所吸引。蚊的叫声是翅的快速

4月17日　　阴

　　一睁开眼睛,还在床上躺着,竟没来由地想起一只瓢虫。
　　人是一种奇怪的动物,他要想起点什么,很多时候都毫无征兆,也没有来由。一个念头、一个形象就会凭空降临,而你却一点也不会感到吃惊。这情景有点像卡夫卡《变形记》的开头,但我并没发现自己变成了一只瓢虫,或甲虫。这只瓢虫只存在于意识中——当然,以前也曾出现在记忆里,要不意识中也不会有瓢虫这个形象和概念。
　　持续一周左右的大晴天也许从昨夜就结束了,早上醒来,发现天是阴的。
　　拉开窗帘,我先看到窗前的柳树已经绿了,是翠翠的那种嫩绿。有一枝柳叶几乎伸到了敞开的阳台上,叶子尚未完全展开,但穗状的柳花就要开了,一串一串地吊在细枝上,使所有的树枝都垂挂在窗前,赏心悦目。

好几天埋头写作,没从窗户里看过小区的院子,满园的梨花、杏花都已经开了,一派缤纷绚烂。也许已经开了几天呢,地上已经落着花瓣,看样子这一茬早开的花就要败了。天灰蒙蒙的,像是要下雨。要是真下,一阵春雨过后,这满树的花想必都不见了。

一只好看的鸟飞来,落在柳枝上,柳枝轻轻晃了起来。鸟儿一高兴,发出一串翠鸣,从张开的细叶间洒落。

这样的天气,待在城里让人郁闷。这样的季节,这样的天气,最适合在乡间田埂上漫步。从田埂上望出去,四野都一树一树地开满了花朵,杏花、梨花、李子花……品类繁多、五颜六色的花朵让大地变成了一座花园。因为一些树有些年头了,大多高出村庄的院墙和房屋,从村外看过去,村庄都看不见了,只看到一树一树的花。

村庄后面有山,山雨欲来,山上有云雾。一看到云雾,一股湿气氤氲开来。这时,不知从哪里飘过来的一滴水珠落在脸上,一丝冰凉。雨已经开始落了。

春天的雨从不会一下就下大了,它要一滴滴、一丝丝慢条斯理地下。你也用不着担心会淋湿,继续在田埂上走,或者就站在田埂上,一直看着满世界的春暖花开。

而且,你会看到各种各样的虫子。在任何一道田埂上,都有无数的虫子。

一般来说，这个季节这样的天气也是所有虫子最喜欢的日子，蛰伏了一冬，它们终于可以出来伸展腿脚，呼吸到潮湿的泥土气息了。看脚下，雨前，最忙碌的是那些蚂蚁，其他昆虫和别的小虫子也没有消停。它们好像要过节，都在房前屋后张罗。

蚯蚓那种软乎乎、湿漉漉的虫子会等到雨停了之后才会钻出泥土，晾干自己被雨水浸透了的身体。但是，如果它们不及时钻进泥土里去，等太阳出来，把地面晒干了，有很多虫子很可能再也回不去了。

下雨之前，可能担心雨滴会打湿自己的翅膀，蜜蜂等各种会飞的虫子好像一下安静下来。只有一种飞虫例外，就是七星瓢虫。

不过，这个季节还不是瓢虫喜欢的季节，它们喜欢夏天。一个夏天，大多瓢虫可繁殖好几代。虽然一只瓢虫的生活周期大约只有4周，但因为其繁殖力强盛，整个夏天，到处都能看到它飞舞的身影。

夏天多雨，别的有翅目昆虫都不喜欢雨水，但瓢虫喜欢。也许蜘蛛也喜欢雨水，一场雨过后，你到处都能看到蜘蛛网，好像它们把雨丝都织成了网，上面还缀满了水珠，看上去像是镶嵌的碎珠宝。也许因为瓢虫的翅膀表面有一层光滑硬膜的缘故，只要雨下得不是很大，小雨、细雨正好可清洗上面的灰尘，让那七颗星星显得更加光彩夺目。

我不曾考证，不知其称为七星瓢虫的"七星"两个字是怎么来的，但一定与其鞘翅上的那几个圆形斑点有关。其实，那斑点不是七个，而是八个，一对小翅膀上各有四个斑点，整体呈菱形状，四角对称。除中国，在世界其他地方，也有称"九星瓢虫"的，想必是把虫体本身也算作一"星"了。

据《不列颠百科全书》（卷9）记载：瓢虫，鞘翅目瓢虫科昆虫，约5000种。一般长8~10毫米，形似半圆球。足短，色鲜艳，具黑、黄或红色斑点。瓢虫有益于农作物，可有效控制农田和果园中的蚜、蚧、螨等虫害。美国西部曾引进澳大利亚瓢虫用来控制果园吹绵蚧的蔓延。国外有些地方，人们常常采集成群的瓢虫卖给农民控制虫害。在东西方文化中，七星瓢虫皆被视为益虫，甚至被视为吉祥物。中世纪时曾献给圣母玛利亚，其英文名由此而来。

在中国各地，我见过的七星瓢虫大多为红色，黑色斑点，鲜见有别的颜色的瓢虫。不过，偶尔也能见到其他颜色的瓢虫。一次，我在老家宅院拍到两只灰色的瓢虫，鞘翅斑点也非黑色，而是灰白色。将图发至微信朋友圈，都说没见过这个颜色的瓢虫，也许是个新种，或变种。

瓢虫或七星瓢虫是其大名，它还有小名——或乳名，或昵称。中国各地民间对瓢虫的叫法也稍有区别，但大同小异。共同的地方是，名字里都有"姑娘"的意思，很多地方叫"花姑娘"。我老家一带民间叫"阿姑儿"，想来，源自土族语，意思是"小姑娘"或"丫头"。

老家还有一首童谣："阿姑儿阿姑儿担水去，花花衣裳穿上了去……"这是开头两句,后面应该还有两句,已经不记得了。单听这两句,就觉得喜庆、温暖。以前在乡村挑水得走很远的山路,当是一件苦差事,没必要穿好看的衣裳。为什么让一个姑娘去担水,还要穿上花花衣裳去呢?

穿着花衣裳肯定是为了好看,可以让一位花季少女满足招摇的虚荣心,也许另有深意。"衣裳"两个字是我为便于阅读换上去的,原词中是"盘袄"两个字,一种花团锦簇的厚长衫,穿着一件厚长衫去担水累赘,走路不方便。童谣背后应该还有故事,也许是一个有关爱情的故事,可是童谣里没唱。

古今中外,但凡童谣大多充满童趣和快乐。不像大人们唱的民歌,大多唱的是悲伤和苦难,几乎每一首民歌都能让人落泪。尤其是有关中国古代女子的那些民歌,没有一首是节奏欢快、内容喜气的,比如《孟姜女》。就是《木兰辞》,其豪迈的背后唱的也是一个时代的悲歌。

每次唱那童谣,我都会想起另一首有关童养媳的民间歌谣《姣嫁女儿》,里面也唱了担水的事。曲调悲伤,里面的故事更悲伤。一个姑娘娶过门,女婿还是个孩子,她得等孩子(女婿)长大才能真正成为一个女人。孩子长大之前,她就是家里的一个女劳力,什么苦活累活都是她的,却不让吃好、喝好、穿暖、睡足,也不让回娘家。

要回娘家,她得把家里家外所有的活都干完了才能去,可是婆家里的活永远也干不完。每干完一件活,又会有新的活,每干完一件活,就有一段不断回旋的唱腔唱词,好像可以一直没完没了地唱下去。她受尽折磨，去担水时，肩上的扁担还是有棱子的，棱角像刀刃，水桶还是尖底儿的，只能一直挑在肩上，再累再疼也无法放下担子歇歇。歌词唱道："上河里担水时路又远，下河里担水时坡又大……"最后，她吊死在一棵树上。

她至死没回过娘家。死了之后，也许回去了，永远回去了。传说，那棵树长在月亮上，叫娑罗罗树。这传说，也许就是民间对这位善良女子一生苦难的纪念。人们用夜晚天上的月亮纪念一位苦难的女子。有关七星瓢虫的这首童谣与这首《姣嫁女儿》的民歌并没有内在的联系，但我依然从一只虫子想到了一个苦难的女子。

还记得小时候唱童谣时的情景，一只七星瓢虫落在手上，或捉一只七星瓢虫放在手心儿里，轻轻握住拳头，而后慢慢摊开手掌，看它走动。它都会往高处走，我们就手指朝上，让它从掌心里往指尖儿上爬。因为腿短，也看不见脚，行走的速度却很快，像一个红色的珠子，滴溜溜地往上滚动。

等到爬到一根手指的顶端，它一般都会停下来喘口气，歇一歇。也像是在登高望远。这时，我们就会唱这首童谣。它像是听明白了，就会展开翅膀飞走。我们就在它身后喊："阿姑儿去担水了……阿姑儿去担水了……"有时候，刚开始唱，它就会急急地飞走，像是家里没有水了，等着用水。有时候，把那童谣唱上好几遍，它才飞走。

一群孩子又在后面一遍一遍地喊："阿姑儿去担水了……

阿姑儿去担水了……"喊完了，就笑。很久以后，每次想起，还想笑，还开心……

　　也许童谣背后还有天气变化，印象中，每次唱完童谣不久，大多是午后或傍晚，都会风云突变，下起雨来。想到这，我又望了一眼窗外，天开始晴了。春雨金贵，没有落下来。

4月18日　　晴间多云

因为翻书看到了"蟋蟀"两个字,想起一些与之有关的往事。

这几年,几乎每天,从上午11点左右到下午4点左右的这段时间,我都用来写作,很少读书,今天却先读了几页书,确切地说是一部工具书。

为便于查阅,这几天案头都放着好几卷《不列颠百科全书》。中国大百科全书出版社出版的汉译本(原书写的是"国际中文版",不确切)修订版共20卷,图文并茂,印刷装帧皆精美,遇到自己不太明白的问题,我都喜欢在里面寻找答案。这几天从上面查阅过不少昆虫的条目,比如蚊子和瓢虫。

早饭后,我一边喝茶,一边翻开第5卷,从第1页逐条阅读。

因为正在写的文字与虫子有关，其他条目只是匆匆浏览，带有虫子旁的条目会细读。第5卷的第一条是"创世神话"，忽略。这一页，我只看了一下条目的名字，翻到第2页，也没看到感兴趣的内容。第3页末尾出现了一个虫子旁条目"蠕动"，知道并不是说虫子的事，瞅了一眼，第一句就说与地质学有关，"指存在于被松散风化物覆盖的斜坡上的颗粒顺坡向下的缓慢运动……"

跳过，继续往后翻。第4页首条是"贴行鸟"，是对紧贴树干或岩石表面觅食的各种鸟的统称。再往下，这一页上终于出现一只虫子——"爬行蝽"，没听过这名字，再看图，似乎又见过，样子很熟悉，是昆虫。又看注释，说是异翅目潜水蝽科昆虫，约150种……常在有水草的静水中游泳或爬行……

我对水生昆虫少有观察。再往后翻，第5页没有虫子旁条目，第6页又出现一条"裂头虫属"，属已灭绝的三叶虫——三叶虫当属各类虫子的始祖。第7~8页，扫一眼跳过。第9页，有"白垩纪"，地质时代中距今1.44亿年前至0.66亿年前的一个时段。

跳过第10页，第11页终于出现一只自己熟悉的虫子——"蟋蟀"。

便停在这一条，细读：

直翅目蟋蟀科昆虫，因鸣声悦耳而闻名。约2400种，长

3～50毫米。触角细，后足适于跳跃，跗节三节，腹部有两根细长的感觉附器（尾须）。前翅硬，革质；后翅膜质，用于飞行。雄虫通过前翅上的音钽与另一前翅的一列齿（约50～250个）互相摩擦而发声。音的频率取决于每秒击齿的次数，从最大蟋蟀种类的1500周／秒到最小蟋蟀种类的10000周／秒。鸣声的速率与温度直接有关，随温度的升高而增快。最普通的鸣声有招引雌性的寻偶声，有诱导雌性交配的求偶声，还有用以驱走其他雄性的战斗声。雄性在前足胫节都有敏感的听器。多数雌虫以细长的产卵器产卵于土中或植物茎内，对植物常可造成严重危害。在北方，蟋蟀多于秋季成熟产卵，若虫与次春孵出，蜕皮6～12次而成熟。成虫寿命一般为6～8周……在东方，人们笼养雄蟋蟀听其鸣声；在中国斗蟋蟀的风习已有数百年之久。蟋蟀在神话及迷信中起重要作用。人们认为有蟋蟀存在便等于好运和智慧，伤害蟋蟀便带来不幸。在缅甸曼德勒的市场上销售一种大型棕色的炸蟋蟀，常供游方僧人食用……

尽管与很多同类工具书相比，《不列颠百科全书》在很多方面都已经做到了极致，尤其对相关知识点精确密集的表述，会让大多辞书黯然失色，但它依然免不了同类的通病——枯燥。这就是知识的秉性，所有的知识都必须不偏不倚冷冰冰地客观表述，容不得半点感情色彩。这也是工具书之所以成为一种工具的原因，它主要的用途在于使用或实用，而非用来欣赏或赏心悦目。

一只鸣声清脆悠扬、活蹦乱跳的蟋蟀，到了辞书上就变成了一堆各种概念信息组成的符号，没有了鲜活的生命气息，因而也少了很多情趣。这也许正是有关生命万物必须有另一种书写的意义。它因为感性而充满温情，因为有了生活的气息和经验性、体验性描述而情趣盎然。生命的气息便会扑面而来，阅读便成为轻松愉快的事。

夏夜里，原野上，到处听得见一种调式简单、重复，然而情致陶冶人心的乐曲，这音乐在北方可很难听得到。春天，在太阳当空的时间里，有交响乐演奏家乡野蟋蟀献艺；夏天，在静谧怡人的夜晚，大显身手的交响乐演奏家是意大利蟋蟀。演奏日场的在春天，演奏夜场的在夏天，两位音乐家把一年的最好时光平分了。头一位的牧歌演奏季刚一结束，后一位的夜曲演奏便开始了……

乐曲由一种轻柔缓慢的鸣叫声构成，听起来是这样的：咯哩——唧唧唧，咯哩——唧唧唧。由于带颤音，曲调显得更富于表现力。凭这声音你就能猜到，那振膜一定特别薄，而且非常宽阔。如果没什么惊扰，它安安稳稳待在低低的树叶上，那叫声会始终如一，绝无变化；然而只要有一点儿动静，演奏家仿佛立刻就把发生器移到肚子里去。你刚才听见它在这儿，非常近，近在眼前；可现在，你突然听到它在远处，二十步开外的地方，正继续演奏它的乐曲；你以为距离拉开后，音量显得弱了。

你赶快跑过去。结果什么都没有。声音仍然从第一个地点发出来……

这是法布尔在《昆虫记》里对意大利蟋蟀的描述。这样的文字，你在任何一部百科全书或辞书里都不会读到的。读这样的文字时，你眼前出现的不只是一只蟋蟀，还有听蟋蟀鸣叫的人，继而你会想起一片土地、一片山野、一片庄稼地，或一个菜园子，一只蟋蟀或者很多蟋蟀在附近或远处鸣叫，而你就在附近或不远的地方，听着那悠扬清脆的鸣唱。

在品类无比繁多的虫子中，除了七星瓢虫，我与之有过亲密接触的只有蟋蟀，是在儿时的一个又一个夏天。青海，我老家一带很少听见蝉鸣，蟋蟀却常见。尽管很多虫子都能发出声音，但大多声音微弱。个别虽然嗓门儿很大，但音调难听，比如牛虻和蜜蜂的声音。在我所熟悉的虫子中，蟋蟀几乎是唯一能发出悦耳声音的虫子。

一只蟋蟀鸣叫的时候，所有听到的人都会被那声音深深吸引。无论在山上还是山下，一只蟋蟀都唱同一首歌、演奏同一支乐曲。可我依然感觉，在山上时，它唱的是山歌，是野曲；在山下村庄田野，它唱的是酒歌，是家曲。记忆中的那些夏天，村里的孩子们都喜欢蟋蟀。其实，我们老家一带也不叫蟋蟀，叫秋蟀啊儿——尾音发"啊"儿化音。不仅喜欢在山上和田野听它鸣唱，我们还会把它捉回家里养着，让它在家里鸣唱和演奏。

"啊儿"（发 ar 音）化音，这是我老家一带汉语方言特有的发音方式，因而受到语言学界的关注。一次一个芬兰大学研究汉语方言的硕士研究生专程到家中造访，说是专门研究我老家甘沟（嘎玛隆）方言的，竟也能发出"啊儿"化音，令人大为惊讶。据这个芬兰小伙子讲，世界各地有好几位著名学者研究甘沟方言，其中一位是他的导师——这是题外话，但由此我竟突发奇想，觉得会用方言说唱的不只人类，一些动物和虫子也有自己的方言。我在青海以外的地方，没听到过蟋蟀的鸣叫，倒是留意过蝉鸣，细听，南方和北方的蝉鸣就有区别，高原和平原的蝉鸣也有区别，山上和池塘边的蝉鸣似乎也有区别，可能跟不同地区的气候变化有关，比如空气的暖湿度。

那时候，村里所有的孩子都会用细长的草茎编织精致的小笼子——开始当然都是家里的大人或村上大点的孩子教的。因为夏天正在生长的草茎绿绿的透着光亮，用它编织的小笼子也透着光亮。草茎在一根根交织时会留下等距离的细小缝隙，阳光能照进里面，也会留下草茎细细淡淡的阴影。透过小缝隙往里面一瞧，梦幻般的光影效果让小笼子玲珑剔透，令人着迷。

小笼子做好以后，要做的自然是去逮一只蟋蟀了。蟋蟀因后小腿极长，大腿肌肉发达，弹跳力非凡惊人，是天生的跳远高手。一只成年的蟋蟀，在山坡开阔地带能一下跳出两三米远，逮蟋蟀是要费一番功夫的，好在村里能到山坡上玩耍或放羊的孩子有的是闲工夫，而且捕捉经验丰富，逮一只蟋蟀也是手到擒来的事。

逮蟋蟀唯一要用的工具，除了手脚就是头上的帽子（多是草帽）。看到一只蟋蟀，站在远处，将帽子丢过去，扣在它身上，而后将一只手伸进去，它就在里面。当然，丢帽子的手法要轻盈娴熟，得有相当的准度，力度也要恰到好处才行。

编织养蟋蟀的小笼子也需要技巧，所以每个孩子编织的小笼子，看上去大同小异，实则大相径庭。手巧的孩子，都在小笼子上安上一个小窗户和一扇精巧的小门。逮住蟋蟀后，打开笼子的小门儿，小心放进里面，丢一两片碎菜叶进去，菜叶上再滴上一两滴清水，再关好门窗，用一片草叶或别的细线拴住。一只蟋蟀就养起来了。

一开始，它好像有点紧张，也不去碰那菜叶。我们也不急，找一个既有阳光照彻也能见点阴凉的地方，插半截木棍儿，把笼子挂在上面，让它慢慢适应。之后，我们一般都会离开一会儿，走到它看不到的地方，等上一会儿。等不了多长时间，你就会听见鸣唱了。一开始，它会发出一两声非常短粗且有停顿的声音，像咳嗽，或试音，像是在试探在那笼子里它还能不能鸣叫。紧接着，一声悠扬清脆的鸣叫声滑过夏天村庄的上空，与四野的蟋蟀交响唱和。再去看时，菜叶已经吃掉一些了，好像它已经完全适应这新的生活环境了。

那时候，我还不知道，它在江湖上还有个名字，叫"鸣虫"，更不知中国古代曾有纨绔乃至宫廷显贵养蟋蟀斗蟋蟀的风气。后来读了一些书，才知此嗜好由来已久，明清期间似呈鼎盛，很多文学作品多有涉及，尤以京城作家作品为最，比如老舍先生。而今城里长大的很多孩子大多没见过蟋蟀，可清末至民国年间，京城遗老遗少玩蟋蟀、斗蛐蛐的事，几乎妇孺皆知。这当是历史文化了。但是，那些养蟋蟀斗蟋蟀的人都不用笼子养蟋蟀，而用罐子，曰：蝈蝈儿罐儿。既不透光，也不怎么透气，那得多闷啊。

说起斗蛐蛐，我甚至觉得，蟋蟀生来就像个战士或斗士。看一只蟋蟀站在那里随时准备一跃而起、冲锋陷阵的样子，就像一位身着铠甲、手握长剑的古希腊勇士，连叫声也嘹亮如冲杀的号角。我猜想，如果让一位古希腊勇士来生投胎选择作一只虫子，他们一定会选蟋蟀。反过来，让一只蟋蟀选择，可能也愿意做一个像赫克托耳、阿喀琉斯那样的勇士吧。

虫子世界，有一种昆虫跟蟋蟀长得很像，只是体型比蟋蟀小很多，色彩也没蟋蟀艳丽，像是蟋蟀的孩子，那就是蝗虫，也叫蚂蚱和草蜢。乍一看，一只蚂蚱就是一只缩小了的蟋蟀。我猜，它们是近亲。

一只蚂蚱的体型大约只有一只蟋蟀的四分之一或五分之一，如果把一只蚂蚱放大若干倍，再把直翅、前胸、额头和腿关节上的翠绿色稍稍加重一点，它就是一只蟋蟀。如果有几千万只蚂蚱在一起时，它就会成为昆虫世界真正的一支军团，天下无敌。当几千万乃至数亿的蝗虫飞掠过一片田野之后，其身后，瞬间便会寸草不生，万物凋敝，天地都会为之动容。如果它经过的是庄稼地，是大片农田，所到之处必将颗粒无收；如果它经过一片森林或果园，每一片树叶都会被扫荡一空。

每次想起蝗虫，我也都会想到一只蟋蟀。总觉得是一只蟋蟀在率领它们，或者领头的那只蝗虫已经长得跟一只蟋蟀一样健壮。只是蟋蟀擅长的是跳跃，而不是飞行。

想起蟋蟀，自然会想起它的鸣叫声。我在城里听见过知了乏味单调地叫喊，也就是蝉鸣，却从未听见过蟋蟀的叫声。但那号角般嘹亮、悠长、清脆的叫声却一直在记忆里，从未消失过。只要一想起蟋蟀或秋蟀啊儿这个名字，那声音就会在耳边响起。好像有一只蟋蟀一直跟在身后，一直在记忆里演奏儿时的那首曲子，且演技日益精湛，已经把它演绎成了经典。

4月19日　　多云转晴

　　下午走路，走到西山顶上时，发现前几日锁着的一道铁门开着，就径直走进去，走了很远。遇见一老者，问我，你从哪儿进来的？我答，从门里进来的，门开着，也没人，我就进来了。他说，"五一"以后才让进呢。说完，自己下山去了，并未劝阻，我继续前行。擦肩而过后，我问了一句：你是不是互助人？他说，是。想起来了，两三年前，就在这山顶，我跟这老者曾有过简单的交谈。那天他在山上林子里浇水。下午3点，浇完水，坐在一片空地上，就着茶水吃午饭。
　　又走了一段路，到另一个更高的山顶，才往回走。这时，我注意了一下路边的杨树，上面都有好看的图案，有些是天然长成的，大多像眼睛。还有一些是人为刻上去的，很多地方的白杨树上都有。仔细辨认，你会发现，人为刻上去的这些文字图案，大致可归为两类，非爱即恨。经年累月，树与岁月一同协作，让最初的铭刻变得模糊，没有了当日的苦涩与不舍，使深刻的变得更加深刻，模糊的变得更加模糊，像是相邻的两棵树在互诉衷肠。可是，树有衷肠乎？

其实，这也不是今天的新发现，很早以前就发现了。最近一次是一个多月前的事，因为肺炎疫情，整日关在家里不敢出去。我住在西山下，沿山脚有条小路，行人稀少。每天下午，我就到山下走走。一天，我看到一棵白杨树上有文字，细看，是一个人名，我猜是一个少女的名字，汉字写的人名，男女有明显分别。名字后面还有两个字：回来。一个成年人不会做这样的事，把一个女孩的名字刻在树身上呼唤回来的人，也当是一个小伙子。可能初恋失意，他所热恋或暗恋的女孩不辞而别，不知去向。他到处寻找，未果。

一天他走到我每天走的这条小路上，路上没人，路旁有一排白杨树。他就在一棵树上刻下了"某某某回来"五个字。一开始，我以为只有一棵树上有这几个字，再看旁边，另一个树上也有……接下来的一整排树上都有。想来，他是一棵树、一棵树密密刻过去的。

今天，在西山顶的白杨树上，我也见到了这几个字。再留意旁边，那条路旁的树上都有——当然，除了这几个字还有别的，还有恨，是另一个人刻上去的。一个人刻的是已然逝去的爱，另一个人刻的则是因爱而生的恨，爱与恨便同时在一棵树上留下疤痕,像是树自己的伤疤。

其实,树无意见证爱和恨,更无意记录,它有自己的疤痕。如果你一定要在上面留下另外的疤痕,一棵树也只好把你的爱或恨都当成自己的伤口,用自己生长的岁月一点点抹去伤痛,让伤口愈合。

下山路上的每棵杨树也都刻着这几个字。这一路刻过来,至少有十里路——这一天我手机上显示的行走距离超过了10公里。一个人,要用多长时间才能在这么多的树上刻上这五个字,我想不出来,刻字的人可能也没想过——他当时只想着一个人,他要有心思想这个问题,也许就不会刻下去了。

我喜欢胡思乱想。就想,这树上刻着名字的人应该曾生活在西宁,即使早已不在西宁了,她也应该还会回来的。要是有一天,她无意间走到西山上,看到这些树上都刻着自己的名字,一遍遍呼唤她回来,不知会作何感想?现在她回来了,却已物是人非,再也回不到从前了。也许刻这字的人偶尔也会到这山上来,也会看到自己当年刻下的这几个字已经长成另一番景致,他又会作何感想呢?也许原本已经淡忘的一段往事,因这疤痕又会浮上心头,可堪回首,当然好,如不堪,又如何是好?刻上去容易,抹掉就难了,所有的刻痕莫不如是——无论这刻痕在心里还是树上。

人有意在这世界上留下的任何痕迹都是一个心境。心境会随着境遇变化。

虫子也会在树干上写写画画,留下好看的虫纹,却未必是心境。只是随意为之，即便是有意识地生命书写，所书写的也只是自己生命的历史。应该还有爱，有活着的意义——一只虫子对这个世界的意义。但不应有恨——即便有，似乎也不会铭心刻骨，满世界留下痕迹，像病毒。

对虫子来说，一棵树就是它的居所家园，自当留恋守护。对树来说，一只虫子也是它的合法居民，不能驱逐。如果它也像人类在树身上留下自己的痕迹，树也会听之任之。很久以后，树可能会被砍倒，虫子还继续住在树上，写写画画，不肯离开。除非人把树烧了，要不虫子会一直在里面生活。因为树养活了虫子，虫子对树难以割舍，它留下怎样深刻的疤痕，无论精美还是丑陋，都是自己生命的痕迹，里面没有恨。

即使有些虫子自毁家园，比如杨树上的牵牛虫，如果繁殖过盛，会使成片的杨树枯死，杨树却以自己的死亡成全牵牛虫的繁盛。牵牛虫之于杨树，很像人类之于地球。

多年前，因牵牛虫之害，不得已，宁夏银川将满城的杨树悉数砍伐，几百万棵杨树毁于一旦，满城的牵牛虫也一同消失殆尽。我曾设想，要是没有人类的干预又将如何？可以想象，那几百万棵高大的杨树依然会在银川的大街小巷挺立，也许早已没有了枝叶，树皮也早已脱落，树冠也已不复存在，有的只是光秃秃的树身、树干，满树都是牵牛虫的虫卵和排泄物……如果那满城的树干上也曾留下过爱与恨的伤疤，也早已湮灭。此时，一个人要从那街巷里走过，定会毛骨悚然。这当然不是人类想要的结果。

恨，好像是人与人之间专有的情感，别的世界罕见。

从这个意义上讲，一个人在这世界上所有的努力和付出，除了活着，最终的理想是从自己心里消除仇恨，留下爱。仇恨越少，爱就越多，欢喜就越多。如是，人间美好，世界美好。一个只有爱的世界也许就是净土，就是乐园。

只要有恨，世界就不会安详。

4月22日　　晴间多云

　　下午回家的路上，路过圆树——以前的路牌上写的是"园树"，以为是笔误。圆树不是一棵树，而是西宁的一个地名，以前是一个村庄，现在是城里的一个花园，几道高架桥在花园顶上纵横南北。

　　也许这里曾有一棵冠形圆圆的大树，以前的很多地名都是这样来的，大槐树、大柳树都是地名，据说青海的汉族人大多来自这两个地方，大槐树在山西。还有一棵松、五棵松、一棵树都是地名，五棵松在北京。

　　因为看到花园里新翻开的泥土，想起今天是地球日。有一年的这一天夜里我听到过蛙鸣，第二天一早，女儿就喊："爸爸，昨晚我听到青蛙叫了。"一看，前一天是4月22日，地球日。

便想在花园里看看虫子，可是我找遍了花园的每一块泥土，也没看到一只虫子。最后，在一株迎春树下，一朵掉在地上的花朵上看到一只蜜蜂。起先，它在花朵上，拍照时，它从花瓣上走下来，到树坑里。因为刚浇过水，树坑里是泥，它似乎陷在那里，行动艰难。

上到香格里拉路，在人行道上倒是遇见了几只垂头丧气、独自游走的蚂蚁。除此，再没见有别的虫子。进入小区，又留意花坛、花园里的泥土，均未见有虫子。小区的保洁员正在冲洗喷泉的水池，而往年此时，喷泉已经在喷水了。水池里没水，青蛙无处安身，所以一直没听到蛙鸣。

这是春天，泥土里看不到虫子，也听不到蛙鸣。它使我想起蕾切尔·卡逊《寂静的春天》。在这部伟大的作品中，这位先知一样的思想者，写的就是一个没有虫鸣和鸟叫的春天……

遂将这一发现发至朋友圈，有朋友留言，这几天在西宁什么地方看到过虫子，飞的、爬的都有，还说北川河里飞来了一群水鸟。看来西宁还是有虫子的……不过，可以肯定，很多地方已经没有虫子了。一大片花园的泥土中见不到一只虫子，无论如何，这都是一件不可思议的事情。

而一个看不到虫子的春天更不可思议。

4月27日　　晴间多云

　　下午出去走路,回来时留意了一下,楼前的水池里已经放水了。当时就想,很快应该会听到蛙鸣了。晚饭过后,似乎听到有蛙鸣,细听,果然有阵阵蛙鸣此起彼伏。虽然,本该地球日听到的蛙鸣推迟了5天才听到,但毕竟还是听到了。
　　因为下午走得远,晚上原本没打算再出去,可是有蛙鸣,又到小区院子里转了转,也走了很长时间,只为听蛙鸣。这可是今年的第一声蛙鸣。
　　楼下有三个相连的喷泉水池,蛙鸣是我家窗户下的这个水池里传来的。下到楼下发现,上面那个水池也有蛙鸣。又到下面那个水池边,水池是干的,上面水池的水满了以后,才往下流,水头刚到下面水池。才知道,下午看到的画面是刚开始放水的情景。

这时，一家人出来遛狗，应该是两口子。刚出单元门，到水池边，一声蛙鸣陡然响起，小狗吓一跳，扑向蛙鸣的方向吠叫起来。主人小声呵斥，让它别叫。看来，很多时候，人比其他动物要迟钝得多。一只小狗能听到的声音，人即使听到了，也浑然不觉。尤其是对人声以外的任何声音和动静，几乎所有的动物都比人类要敏感。我以为，人原本肯定不是这样，这是后来出现的退化现象，由麻木一点点演变而成为一种硬壳，长在心上。

小区里有很多水池，夏天，几乎从每栋楼的窗户里都能听到流水声。我在小区里走了一大圈，其他水池里并没有蛙鸣，只有这楼下有，想来其他水池放水的时间要晚一些。便折回到楼下，绕着水池走。我是晚上8点多听到第一声蛙鸣的，随后传来的是一阵相对密集的叫声，以为会一直持续，彻夜都会有蛙鸣。

快到9点的时候，又不叫了，又以为今夜它们只是彩排式预演，只是亮亮嗓子，真正的演唱要从明天才正式开始，便回家了。刚一到家，蛙声又起，虽然不是很密集、很响亮，但是能听出来，它已经不止在楼下的水池，也从很多地方响起……直至午夜，蛙鸣依然不绝于耳。不过，平日里的蛙鸣也都这样，稀稀拉拉的，遥相呼应。很密集、很响亮、很宏大的蛙鸣都是在大雨将至，或是大雨骤停的夜晚才会响起。

看来，雨季就要来了。虫子们酩酊欢宴的日子已经不远。

说不定就在此刻，离这不远的山坡上，一只茧蛹因突然听到一声蛙鸣，正发出不易觉察的震动，裂开了一道口子，等天亮的时候，一只蝴蝶的翅膀将要从那缝隙里伸出来了。尔后，拍打着一对小翅膀飞到你的窗前……

　　我感觉，就是在这样一个夜晚，庄周梦见自己变成了一只蝴蝶。"周与蝴蝶，则必有分矣。此之谓物化。"它穿越两千多年的岁月，出现在我们面前。我恍惚，那是庄周在两千多年前梦见的那只蝴蝶呢，还是两千多年之后的庄周？

　　吾与周，亦必有分矣，此之谓幻化。

5月7日　雨

　　早上一醒来就看到在下雨。好雨知时节,这是真理。

　　这是今春而来的第二场雨,第一场雨是前天晚上下的。只隔了一天,又下一场,旱情得以缓解,一方农作物有救,一方百姓的日子有指望。

　　窗前的树上聚集了几只鸟在叽叽喳喳地鸣叫,也像是在谈论这场雨。因为羽毛被雨水淋湿了,不便飞来飞去,就落在树头上,聚在一起说闲话。

　　从早上开始下的这场雨,到中午时稍稍停了一会儿,又接着下,到下午2点多还在继续下,只是比早上下得小了,是绵绵细雨。细雨润物,这样的雨对大地更珍贵。雨下大了,大多来不及渗透,就流走了,只有这样的细雨,每一滴都会进入泥土,滋养万物。

看窗外，满园的树叶比昨天绿多了。这雨如果能持续到傍晚或者更晚一些，持续了一个春天的旱情便可解除。往后是雨季，隔三岔五，总会有点雨的。雨季有雨，时序如常，万物生长，天下无恙。

今年自开春下了一两场雪，一个春天再没落过一滴雨。听到消息说，老家的庄稼地里至今还是白刮刮的，先种的麦子、青稞等出了苗之后，经不住连续一两个月的暴晒，青苗给晒蔫儿了。土豆等后种的作物，根本没能出苗，说是已经在土里给烤熟了。家里有人的已经开始拆种了，就是再种一遍。很多人家这个季节只剩老人和孩子，没人能干种地的活，就撂着，地算是白种了。

前天立夏，晚上一阵雷声响过之后，雨竟然落了下来。持续时间不长，不是透雨，但也可暂解大地之渴。早上醒来，惦记老家的土地，看了一眼前几日装上的摄像头，院里的石头地坪上，汪着一片水，再看门前，也有一片水影，还落着几片树叶，像是经过一阵暴风雨的样子。

看来，这场雨在青海很多地方都下过。整整一个春天没有下雨，人们已经有点焦躁不安。前日见到万成，说喜鹊在他楼下一棵树上盘了两个窝，一个是刚盘的。我问，喜鹊新宅的门朝哪个方向开？他说，朝天。听得此言，又多了一份担忧。按老人们的说法，喜鹊是鸟类中的先知，可预知未来。鹊巢之门的朝向也是有讲究的，都是启示。朝天意味着没有雨落下来，这一年天将大旱。

进入庚子年，一场突如其来的新冠肺炎就让世界感受到了它的厉害，疫情已经在全世界蔓延，至今尚未见到它要收手的迹象。到今天早上的累计确诊病例已经超过381万，死亡人数超过26万。整个世界都投着不祥的阴影。如再遭大旱，很多人就吃不上饭，会挨饿。过去的几个庚子年，大半国人都挨过饿。

幸好，立夏有雨。这是喜雨，节气的奥秘都在这雨中。

又想起老家宅院的摄像头，一看，离线了，看不到画面，不过从朋友圈看到的视频画面信息，今天老家也有雨。几个人在田间小路上走，都打着伞，路上有雨水。

一年的庄稼又得救了。这会儿，满地的虫子们也像这窗外树上的鸟儿，正在谈论这场雨呢——也许正准备钻出泥土，到家门口的草丛中，领受一年中第一次雨露的洗礼。而后它们会举行欢宴，与大地分享生命的喜悦。

等雨停了，我也要出去看看，看一场雨过后，这院子里是否也会有一些虫子出没……

补记：下午4点，从窗户里看水池，雨好像已经停了。出去后发现，还没完全停，是更细的雨，用眼睛几乎看不见，池子的水面上也看不到雨丝飘落的迹象。我是从手背和脸颊的肌肤感觉到雨丝的。便走出去，穿过圆树花园，穿过南川河，去单位。一路上，我都留意过，但是没看到虫子，一只也没看到。

再差几分钟，是晚上10点，雨应该停了，因为楼下的青蛙开始叫了。雨正下的时候，或白天的阳光下，都很难听到蛙鸣。一旦耳边突然传来青蛙密集的叫声,要么是夜雨将至,要么是雨已经停了。如果在深夜,一直响亮的蛙声戛然而止,多半是前面下过的那场雨,停了一会儿,又接着下了……

6月22日　　晴

　　我是前天晚上回到西宁的。

　　从5月11日出去，西宁—玛多—曲麻莱—可可西里—格尔木—可可西里—曲麻莱—治多—玛多—玉树—杂多—治多—玉树—治多—可可西里—格尔木—西宁，整整四十天。去玛多时，花石峡一带还是冰天雪地，回来时，三江源已经一片葱郁。

　　一路上都穿着冬天的衣服，一进西宁，先把外衣脱了，还有点热。一热，便昏昏欲睡。毕竟漫漫长路，跋山涉水，风餐露宿，几十天下来还是有点累。原本想写点什么，终究熬不过困乏，睡了。

　　第二天是周日，起得晚。一醒来，收到好几条微信，都与正在写的这本《与虫子书》有关。先是《青海湖》主编龙仁青先生，说《散文选刊》第七期选了《与虫子书》，杂志社问他要我的电话，他已经给了。随后，便收到《散文选刊》主编葛一敏先生的短信，问我地址，说要寄样刊。同时收到朋友和公众号推送的刊物目录，《与虫子书》赫然置于卷首。回想起来，《散文选刊》最早选我稿子已经是三十年前的事了。一晃，三十年过去。人生苦短，譬如朝露。

因尚未收到样刊，也不知是选的哪一节文字。《青海湖》今年全新改版，梅卓主席也不再兼任主编，其职由龙仁青先生接任。新改版的《青海湖》开设了一个"非虚构"专栏，叫"走笔"，龙兄问我是否有合适的稿子可连载，最好能持续一年，每期能发到一万字左右。便从去年已经写了五六万字的《与虫子书》的开头截了两万字给他过目，他看后猛夸我，让我备足稿源，中间不要断了，接不上。惭愧之余，也深受鼓舞，今年三四月份断断续续又写了几万字，就剩结尾了。

《青海湖》从今年第一期开始连载《与虫子书》，除第四期发了"玉树地震十周年"专版，其余每期都有。《散文选刊》当是选了其中的一节，说明不了什么，但亦可视为一种肯定。

我也转发了公众号推送的目录，还写了一句话："我一直在想，假如让一只虫子由着自己的性子写一本书，它会怎么写……"是啊，它会怎么写？虫子的世界当没有谎言、背叛和尔虞我诈，当然也不会有形而上或形而下的意识形态，自然是想写什么就写什么了。

著名书籍设计师朱赢椿先生曾著《虫子书》，是 2017 年"世界最美的书"银奖作品。全书不见人类所造文字之一笔一划，书页上全是虫子们自己的作品。作为作者和设计者，朱赢椿只是一个发现者、整理者。他凝视虫子们走过时留下的痕迹，越看越觉得神奇，仿佛置身于狂草书法或山水笔墨间。受虫子启示而得灵感，"开半亩田，种五年菜，邀百种虫，集千形文，成一本书"——这是印在书封环衬上的一句话。如果去掉环衬，这部奇妙的图书从头至尾，没有一个人类创造的文字。

说来惭愧——此前我尚未读过朱先生的《虫子书》。直到写这节文字时，我才从网上买了一本《虫子书》来看。从所有书页画面看，那些意义非凡的"虫字"或"虫画"，最初大多应该是"写"或"画"在各种菜叶和植物叶片上的。我想象，朱先生花费很多时间蹲在菜园里观察那些虫子的动静，欣赏它们啃噬各种叶片时留下的线条、图形和写意，像另一个世界剪纸字画的投影或拓片，变幻莫测，神秘诡异。其中一少部分虫子的作品原本应该是留在泥土里的，比如蚯蚓的作品，也许他是通过拍摄拓印等复杂的程序，将它从泥土移植到纸张上的。

朱赢椿细心收集虫字虫画，匠心独运，就成了《虫子书》。

这无疑是一次大胆的书写实验。它是人类行为意识与生物自然创作相结合的精神产物，单靠人或虫子都无法完成这样的书写。

至于虫子们是否愿意写这样一本书，却是一件不得而知的事情。尽管人亦如虫类，也有自然属性——偶尔想到自己的渺小和生命的脆弱时,甚至也以蝼蚁爬虫自比,但是,虫子依然是虫子,人类却已经不能再说是虫子了。

尽管往上推十数亿年或更久远的时间,人与虫类都是一个祖先的后裔,比如三叶虫什么的,但是,通常情况下一个人绝不会承认自己与一只虫子有亲缘关系的。当然,过了十数亿年之久,记性再好的虫子也不会记得人类还是它们的远亲。与人类不一样的是,虫子肯定不会以别的生物自比,即使有一些想法——很可能没有,如果有,也绝不同于人类脑海中产生的胡思乱想。

一年多前,我在几截老榆木上第一次发现大量密集的虫纹时,曾把手机随拍的几幅图发至微信,也有不少留言。其中,当代杰出的藏族艺术家、书籍设计师吾要先生留言:"如果视角独特,找到可切入点,可以(做一本)像朱赢椿的《虫子书》那样探索性的书。"括号里"做一本"三个字是我冒昧加上去的。

谢吾要兄美意。兄弟我是做不了《虫子书》的,要是谁都能做《虫子书》,朱赢椿就成不了朱赢椿——当然,我也成不了我。但吾要先生的话的确让我受到鼓舞,也颇受启示,也许我可以做一本《与虫子书》。虽只一字之差——似有模仿之嫌,然其基本格局、套路和风格截然不同。

我想,朱赢椿先生一定没见过虫子留在这些北方老木头上的虫纹的,要不,他的《虫子书》也许还可以做出另一番更大的气象和境界来。那样,它不仅具有文本价值,也更具自然艺术或艺术自然的价值,超越具象乃至抽象,为之赋予更多隐喻和象征的启示意义，使之更接近诗意哲学或自然伦理的奥义。

《与虫子书》还有一个"矫情"的副标题——《一个作家与一只虫子的合著》，这也是我的一厢情愿，一只虫子也未必愿意与一个人合著一本书的。虫子不识人语，人更不识虫语，怎么合著？除非天书——《虫子书》就是一部天书。

你要是在旷野或山坡上——哪怕是菜园子里，仔细留意过一只蚂蚁或别的什么虫子走来走去的情形，就知道我说的是什么意思。它们总是会出其不意，总是会别出心裁，弄出些你根本意想不到的花样来。看着它一门心思往前直行，以为它还要直直往前，却突然一个急拐弯不知所踪，或者直接掉头原路返回也是说不定的。这样的事，人是做不出来的，人的目的性太强。

目的性太强，业障则重，易露出马脚，陷入无明。

虫子之书也不一定非要写在我一遍遍细细观赏的那些老榆木和老果木上，它要是乐意，随便写在什么地方了。也许它最喜欢书写的地方并非树干和木头，而是泥土和大地，一路走走停停，爬进爬出当都是随性的书写。

至于它留在树干和木头表层的那些精美图案，在一只虫子也许只是偶尔为之，算不得精心创作。人不知道虫子的心思，更不懂得虫语，才大惊小怪地以为那才是它呕心沥血的传世之作。

当然，也有一种可能，虫子真的喜欢在树干和木头上书写，除了大地,它要找到一种比树干和木头更好的书写材料真不容易,而且,虫子有理由对植物情有独钟。从地球生物圈已经发现的种群数量判断,虫子和包括树木在内的植物大家族才是上帝或造物主真正的宠儿。

所以,戴维·比尔林在他《植物知道地球的奥秘》一书的首页就写道:

一位牧师问伟大的进化生物学家霍尔丹如何评价上帝。霍尔丹风趣地答道:"我真的不能确定,不过,如果上帝存在,那他一定对甲虫情有独钟。"

戴维·比尔林接着写道:"霍尔丹的话道出了一个事实,那就是大约40万种甲虫占已知动物物种数量的25%左右。据估计,世界上现存的有花植物的物种数量约为30万~40万,如果霍尔丹当时知道这一数字,他给出的或许是另一种答案了。"

这样的文字读来有趣——我一直以为,有意义的文字一定是有趣的文字。戴维·比尔林的意思是,知道这一数字之后,霍尔丹也许会说,上帝对植物——或者对甲虫和植物情有独钟。

过了一会儿,我又回去瞅了一眼微信,评论区已经收获了不少留言。其中诗人刘新才兄的留言是一首诗,他给所有人留言要么只有一个字:好;要么就会非常隆重,专门写一首诗。

他在《与虫子书——致古岳》中这样写道：

其实，谁也没走进唐朝。
李白从蜀道回来赶上了一场酒，
酒里半个月亮照着宫墙，
半个在树上。

还有画圣吴道子，他画山水，草木，鸟兽，也画佛。也许别的缘故，吴道子没画下一只虫子。

张旭的头发在泼墨，白昼变黑了，乌云翻腾，电闪雷鸣。一千年过去，三千年过去，你的眼睛睁开，看见了树。

树，一些树，比传说古老。它们纵横于大地和天空，遮蔽了李白、吴道子和张旭。

它们和他们共同进入了神圣的腐朽。

而虫子，开始创造宇宙。在上帝之前，虫子是一切。

虫子进入树的那一刻，才有了道，才有了梵，才有了奥义，才有了史诗。

虫子打通了地狱和天堂、光明和黑暗的界限。虫子的宇宙，由密码组成，密码再由密码组成。新的密码不断产生，像某种能量。

虫子是灵魂中的灵魂。哪怕将树燃烧，切割，连根拔起。没有虫子引领，人类会失去本性。

可是，李白的月亮还挂在树上，吴道子画八十七神仙图了，张旭大醉，狂草乃成。

难道你看见了迷途？
难道你听见了咒语？

7月7日　　晴

一回到城里就瞎忙，像个没头的苍蝇。

是夜有梦，一早醒来都还记得。这才想起，我好像好些日子没做梦了，或许也做过的，只是没有印象，一睁开眼睛就忘了。可是昨夜的梦记得真切。

梦中，我好像去了另一个时空，还是搭乘航班去的，像是上错了飞机，下机就到那儿了。梦里也没人告诉我，可我还是知道那好像是另一个时空中加拿大的一座山上，靠近格陵兰岛。

山上植被不错，有高大的乔木，稀疏，但好看，像雪松。那地方，我从未去过，梦里也没去过。山坡上有坟地，看样子，却像中国北方乡村的坟地。

有很多人住在那山上，看肤色就知道是亚裔，却操着另一种语言，不是汉语，也不是其他的亚洲语言，更不像西方语言。我从没听过那种语言，但在梦里，他们说什么，我都能听明白。其中的一个人有藏族人的名字，叫索南多杰。现实中我从未听说过这样一个人，但在梦里，我却清楚地意识到他是一个杀人犯，被冤枉的，逃了，多年音信全无，原来他躲在这儿。

在梦里，我还知道他是什么地方的人，那是一个小地方，在青藏高原腹地的一片草原上。我好像还认识他身边所有的亲人。于是问：索南多杰在这儿？一个上了岁数的人反问道：索南多杰？那意思好像是说，何止！很多人都在那儿，很多。好像但凡无处可去、走投无路的人，最后都去了那个地方。

那座山有点诡异，好像不在地面以上，而在地底下，像阴曹地府。面前有一条沟槽，像一条废弃的水渠，从左面山顶一直通往右面山谷。沟槽内有类似轨道的装置，细长，却看不见，一架用钢筋焊接而成的雪橇样的交通工具在里面。我没乘坐过这种东西，却清楚地意识到，一旦跨上去，它将会从那沟槽里子弹一样飞射出去。它好像是靠坡度和沟槽内的泥泞滑行的，像滑冰那样。

我当时还想，它靠什么来制动呢？于是，俯下身，想看看，是否有一个类似刹车一样的装置在下面。可它的结构非常简单，说白了，就是焊接起来的几根铁杆儿，要有刹车，不用俯下身去看，站着也能看见。眼前那架滑行器好像已经坏了，暂时动不了,所以,我才没有立刻搭乘这趟滑行器——实际上,应该叫"泥橇"更确切。

知道我从一个地方来,他们好像要带我去一个我并不清楚是哪儿的地方。我隐隐感觉,那地方很危险。我似乎有一次选择的机会,去或者不去。记得我还是选择去了,不记得的一点是,我究竟上没上那滑行器,或者上了哪一趟?这个细节很模糊。

后来,我的确到了另一个地方。从那里我爬到了一座高山的峰顶。那山顶好像是湿漉漉的泥巴堆成的,我轻轻一掰就掰下一大块来,接着又掰下来好几块,在一旁堆着。便在山顶掰出一个垭口来,我就像一只猴子一样蹲在那垭口里,望着山那面的风景。

感觉翻过山去似乎更安全一些,便翻过山去。及至下到山脚,好像又到了另一个国度,那里居住和生活着的是另一种人,说另一种语言。我当时还想,从此是否应该留在那里再也不回来了,这样我就用不着费口舌说话了。后来我想,要是不回来,我女儿怎么办?她还小,谁来照顾她?就决定回来了。可我回不来。我找不到回来的路,也没有渠道和办法。

绝望时,我想到了一只虫子。

我好像一直在找寻一只虫子,它好像是我的伴侣,后来走丢了,不知去向。我在梦中寻思,既然很多不知去向的人都在那里,那只虫子是否也会在那儿?可我没有找到那只虫子。

　　我想,你也许可以帮我找到那只虫子。也才意识到,你能帮我回来。

　　一想到你,我就醒了。

7月31日　　阴

想起一些事,写了几节分行排列的文字,能否称之为诗,不确定。

走在一条小路上
才发现,曾经的季节
每天午后,我都从这里走过

也才发现,这路还在这座山下
尽管这一排杨树已经长高许多
路上的行人也比从前多了
但是这路,还像从前一样
没有变。变了的只是季节

开过的花朵已经谢了
落在花间的那只蝴蝶
也已经飞走，不知去向
路边的那些蚂蚁却还在
只是不确定，是否还是
从前的那些蚂蚁

也才想起，我爱过的那个人
也还在这世上。是的
我好像曾经死去过
而我的爱，我的爱还活着
也许，会一直活着

  写完，又读新收到刊物上的几首译诗，感觉里面没有诗意。因为语言障碍，无法识读原诗，我只能去读译成汉字的诗行。结果是令人沮丧的，在很多分行排列的文字中，我只读到了词语和文字组合连接的语句，而没有读到诗。我猜想，要么原本只有词语、文字和语句；要么诗意皆已流失殆尽。我怀疑是后者。译者被词语乃至语法绑架，最终放逐了诗意，让自己只是成为一个译者，而非一个诗人。而诗译者首先得是一个诗人，而后才是译者。

  突然听到有人按单元门的门铃，我看了一眼，一个男人的影子闪过一旁，躲到了探头以外，没看清。我取下听筒，等了几秒,他又进入视野,我不认识。又等片刻,我在犹豫是否给他开门。他要离开了,走下台阶时,我却按下开门键。

听到开门声,他又迅速折回,进门。放下听筒,我从猫眼里看电梯口,一直没有人上来。他要去的是别的楼层,别的人家,给他开门的却是我。

我给一个陌生人开了门,而他要去找另一个陌生人。

后　记

据报道，2023年7月初的几天，很多地方的地面温度创下新的纪录。有一天，我手机上显示的所在地温度曾一度超过41℃。屋内太热了，心想，树荫下可能会好些，便走到一片没人的绿树下，躲避炎热。树荫下，阳光如火焰般燎烤的感觉的确减轻了许多，但树荫依然挡不住烫人的空气。我感觉自己像一只热锅上的蚂蚁——一个念头闪过，下意识低头看脚下，正好看到几只蚂蚁飞窜。

树荫下是水泥砖铺成的小路，持续的高温天气已经把那些混凝土砖块变成了火炭，人站在那里，感觉鞋底像被烧着了一样烫脚，身体所接触到的气温已接近或超过所能承受的极限。人的体温一旦达到或超过41℃，还能活着吗？那么，蚂蚁呢？

25～30℃是蚂蚁所适应的温度。从这一点看，蚂蚁跟人类有着共同的特征，都喜欢温暖，不喜欢冰冷和炎热，蚂蚁所适宜的温度也是人类所适宜的温度。所不同的是，蚂蚁对天气变化比人类更加敏感。如果不借助科学，一个人无法预知未来几个小时的天气变化，一只蚂蚁却能做出精准的判断，

后 记

这就是为什么下雨之前总看到蚁群奔忙的原因。

　　基于这样的观察,通常我们都会以为,在如何应对气候变化方面,也许蚂蚁会比人类有着更丰富的经验。比如地面温度过高或过低时,它们至少可以躲进蚁穴来应对变化。可是,那天所看到的那一幕,几乎颠覆了此前我所有的认知。从蚁穴钻出来之后,它们很少再往里进。有了那些水泥砖块的烘烤加热,里面的温度也不比地面低,说不定比外面还要闷热。

　　最先让我大为惊讶的是,一只蚂蚁会突然飞窜——跳起来,然后飞跃。我说的是一只普通的小蚂蚁,而不是有翅膀的飞蚁。它何以如此?只是因为地面太烫,它如果再不跳起来,就会被烤焦,永远动不了。跳起来之后,它看了一眼地面,惊恐万状,原本垂直落向地面的一只蚂蚁竟然能斜着弹射出去。当然,最终,它还得落向地面。跟人类一样,离开了地面,蚂蚁同样无法生存。

　　我密切注视着这只蚂蚁。它疯了一样地在水泥砖道上左突右拐,走不远,与另一只飞奔而来的同类不期而遇。从体型大小和形态样貌看,它们是同种,很可能是同一个家族的兄弟姐妹。要是往常,遇见之后,它们会互相碰碰头,而后再寒暄几句,才从容告别。可是,这一天,它们像是遇见了魔鬼一样,还没照面,触电了一样,两只蚂蚁同时向身后弹出去老远……

　　接下来,惊心动魄的这一幕被不同的蚂蚁反复重演。我感觉,它们担心,一旦两只蚂蚁碰面,就会因为体温过高而粘连在一起。有一只蚂蚁在经历了一次次弹跳之后,似乎嗅到了某种味道,它果断地越过一片水泥砖路,奔向一片花草,最后,消失在一片硕大的绿叶下。

那天,站在那片绿叶下的那只蚂蚁,就像站在树荫下的我。我忽然想起,小时候,爷爷时常念叨的一句话:"人啊,就像一只蚂蚁。"为什么不是一只苍蝇或一只蜜蜂,而偏偏是一只蚂蚁呢?苍蝇和蜜蜂也是为人所熟知的昆虫。虽然,爷爷这句话里也有人与一只虫子没啥区别的意思,但是,他还是强调了那只虫子是一只蚂蚁。就这样,在我的记忆里,一只蚂蚁的存在超越了别的虫类,比如苍蝇和蜜蜂。

7月之前,差不多有两年时间,我一直想为这本小书写一篇后记,为什么拖到现在才动笔,原因有些复杂,不表。而且,可以肯定,我现在正在完成的这篇文字在此之前是不可能出现的。也就是说,假如在两年前或一年前就写了一则后记,我就不会经历2023年7月初的高温天气,也不可能写到如上有关蚂蚁的这段文字。一个人在不同时间里的写作是无法重复的,时空变了,心境变了,思绪变了,叙事的样子也会变。

我拖了两年才着手写这则后记就是为了遇见高温下的一群蚂蚁吗?显然不是,这不是我所能预见的。可以确定的一点的是——上面这群蚂蚁为证,在两年前完成《与虫子书》的写作之后,我有关虫子的观察乃至写作仍在继续。

我看到那些蚂蚁是小暑之前,至秋分前夕,我又看到一种此前从未见过的彩色蜘蛛。霜降来临时,我在湟水谷地还

后　记

发现一块寒武纪节肢动物的化石，拍了图。石头有点大，我得使点劲方能挪动。节肢动物，也是一种虫子，很古老罢了。它很可能是很多有脊椎动物和爬行类的祖先。这种动物化石，虽在世界不少地方有发现，依然十分稀有。这只寒武纪节肢动物也许是黄河上游地区的首次发现，它有十余厘米长，整体略粗于拇指。远远看见，担心会惊扰到它，我屏住呼吸才轻轻走过去，后蹲下来端详，让目光穿越了五亿年岁月，凝望。良久，才用手小心抚摸。

我感受到的是一块普通石头的温度——即使抚摸那只虫子时，我所感受到的也不是寒武纪生命的温度，而它所感受到的一定是五亿年后全新世生命的温度。翻开地球生命史这部大书，我们就会发现，无数的虫类都曾创造过亿万年辉煌灿烂的历史，其中的很多虫子都有可能是人类远古的祖先。

离开这只寒武纪的爬虫之前，我曾动过设法将它栖居的这块石头搬回屋里细细研究的念头——那可是五亿年前生命大爆发的遗存，大自然十足的宝贝。一只虫子变成一块石头的历史会有多么久远？是石头接纳了虫子，还是虫子走进了石头？谜底都在一块石头里。转念一想，有缘目睹足矣，何必徒增累赘。换一个角度看，它也不过是一种虫纹——与我在那些旧木头上看到的虫纹一样，只不过它在石头上。

便放下。径自离去。

也是这段时间——从小暑到霜降，人们都在谈论天气——谈论今夏以来的高温、干旱、山火、暴雨和洪水的肆虐。谈论到最后,似乎达成一种共识:证明世界正处于(或已经进入)气候紧急状态。如是。除却早已变成石头的生命物种,不仅人类,不仅虫类,所有地球生命都将面临非常严峻的考验,就像寒武纪或白垩纪已经变成石头的众多生命曾经面临的那样。

当然,也谈论别的,比如持续已久的俄乌战争和愈演愈烈的巴以战争——战火中的人类更像蚂蚁,在所有虫类中,蚂蚁是最擅大规模战斗的虫子——只不过所有的谈论者都好像事不关己的样子。这让我们时时感受到这个世界的无比残酷和冷漠——这一点蚂蚁可能感受不到,即使感受到了,也不会像人类这般深刻。

如是。是记非记,堪为后记否?

2023 年 10 月 26 日